우리고전 100선 24

이상한 것 낯선 것—학산한언 선집

우리고전 **100**선 24

이상한 것 낯선 것—학산한언 선집

2019년 8월 26일   초판 1쇄 발행

편역	정솔미
기획	박희병
펴낸이	한철희
펴낸곳	돌베개
주간	김수한
편집	이경아
디자인	이은정·이연경
디자인기획	민진기디자인
표지그림	전갑배(일러스트레이터, 서울시립대학교 시각디자인대학원 교수)

등록	1979년 8월 25일 제406-2003-000018호
주소	(10881) 경기도 파주시 회동길 77-20 (문발동)
전화	(031) 955-5020
팩스	(031) 955-5050
홈페이지	www.dolbegae.co.kr
전자우편	book@dolbegae.co.kr

ⓒ 정솔미, 2019

ISBN 978-89-7199-975-2 04810
ISBN 978-89-7199-250-0 (세트)

우리고전 100선 24

이상한 것 낯선 것

—

학산한언 선집

신돈복 지음 · 정솔미 편역

돌베개

지금 세계화의 파도가 높다. 현재 진행되고 있는 세계화는 비단 '자본'의 문제이기만 한 것이 아니라, '문화'와 '정신'의 문제이기도 하다. 그 점에서, 세계화에 어떻게 대응할 것인가 하는 것은 우리의 생존이 걸린 사활적(死活的) 문제인 것이다. 이 총서는 이런 위기의식에서 기획되었으니, 세계화에 대한 문화적 방면에서의 주체적 대응이랄 수 있다.

생태학적으로 생물다양성의 옹호가 정당한 것처럼, 문화다양성의 옹호 역시 정당한 것이며 존중되지 않으면 안 된다. 그럼에도 세계화의 추세 속에서 문화다양성은 점점 벼랑 끝으로 내몰리고 있는 것처럼 보인다. 하지만 문화적 다양성 없이 우리가 온전하고 행복한 삶을 살 수 있겠는가. 동아시아인, 그리고 한국인으로서의 문화적 정체성은 인권(人權), 즉 인간 권리의 문제이기도 하기 때문이다. 그래서 우리 고전에 대한 새로운 조명과 관심의 확대가 절실히 요망된다.

우리 고전이란 무엇을 말함인가. 그것은 비단 문학만이 아니라 역사와 철학, 예술과 사상을 두루 망라한다. 그러므로 일반적으로 알려져 있는 것보다 훨씬 광대하고, 포괄적이며, 문제적이다.

하지만, 고전이란 건 따분하고 재미없지 않은가? 이런 생각의 상당 부분은 편견일 수 있다. 그리고 이런 편견의 형성에는 고전을 연구하는 사람들에게 큰 책임이 있다. 시대적 요구에 귀 기울이지 않은 채 딱딱하고 난삽한 고전 텍스트를 재생산해 왔으니까. 이런 점을 자성하면서 이 총서는 다음의 두 가지 점에 특히 유의하고자 한다. 하나는, 권위주의적이고 고지식한 고전의 이미지를 탈피하는 것. 둘은, 시대적 요구를 고려한다는 그럴듯한 명분을 내세워 상업주의에 영합한 값싼 엉터리 고전책을 만들지 않도록 하는 것. 요컨대, 세계 시민의 일원인 21세기 한국인이 부담감 없이 '쉽게' 접근할 수 있는, 그러면서도 품격과 아름다움과 깊이를 갖춘 우리 고전을 만드는 게 이 총서가 추구하는 기본 방향이다. 이를 위해 이 총서는, 내용적으로든 형식적으로든, 기존의 어떤 책들과도 구별되는 여러 모색을 시도하고 있다. 그리하여 고등학생 이상이면 읽고 이해할 수 있도록 번역에 각별히 신경을 쓰고, 작품에 간단한 해설을 붙이기도 하는 등, 독자의 이해를 돕고자 하였다.

특히 이 총서는 좋은 선집(選集)을 만드는 데 큰 힘을 쏟고자 한다. 고전의 현대화는 결국 빼어난 선집을 엮는 일이 관건이자 종착점이기 때문이다. 이 총서는 지난 20세기에 마련된 한국 고전의 레퍼토리를 답습하지 않고, 21세기적 전망에서 한국의 고전을 새롭게 재구축하는 작업을 시도할 것이다. 실로 많은 난관이 예상된다. 하지만 최선을 다해 앞으로 나아가고자 한다. 그리하여 비록 좀 느리더라도 최소한의 품격과 질적 수준을 '끝까지' 유지하고자 한다. 편달과 성원을 기대한다.

박희병

'이야기'에는 인간을 매료하는 힘이 있다. 『아라비안나이트』속의 세에라자드는 천 일 동안 풀어낸 흥미진진한 이야기 덕에 목숨을 보존했다. 지금 우리가 마주한 책은 조선의 빼어난 이야기꾼 신돈복(辛敦復, 1692~1779)이 보고 들은 흥미로운 이야기들을 기록한 『학산한언』(鶴山閑言)의 일부다. '학산'은 신돈복의 호(號)이며 '한언'은 대수롭지 않은 이야기라는 뜻이니, 책의 제목은 '학산의 시시한 이야기'쯤으로 풀이할 수 있다. 그런데 이 '시시한 이야기'는 당대 문인들에게 두루 읽혔으며 한글로 번역되어 여성들에게도 애호되었다. 후대의 인기 있는 이야기책에 『학산한언』의 이야기가 수록되기도 하고 백과사전류에 실리기도 했다.

　이러한 정황에서 짐작할 수 있듯이 『학산한언』은 참으로 다채로운 내용을 담았다. 귀신, 용, 신선 등 신비로운 존재가 대거 등장하는가 하면 변화하는 조선의 구석구석과 그 속에서 역동적으로 움직이는 각양각색 사람들의 모습이 기록되어 있다. 조선의 걸출한 인재나 고결한 선비로부터 기생, 청지기, 상인, 도둑, 심마니, 사기꾼까지 삶의 다양한 모습이 생생히 펼쳐진다. 한편, 당시 중국의 정세 변화와 이에 대한 조선의 대응을 엿볼 수도 있다.

　그러나 신돈복의 이야기가 오래도록 널리 읽힌 까닭은 내용이 다양해서만은 아니다. 그는 이름난 문인은 아니었지만 넓은 시각과 번뜩이는 재치로 당시 떠도는 이야기들을 생동감 있게 써 냈다. 낯선 존재를 기록하면서는 무한한 긍정과 호기심을 담았고, 당대 현실을 포착할 때는 예리한 관찰력을 발휘했다. 앞서 신돈복을 '빼어난 이야기꾼'이라고 소개한 까닭은 이처럼 탁월하게 이야기를 엮는 솜씨 때문이며, 『학산한언』이 독자를 매료한 힘은 바로 여기서 나온다.

이 세계 너머의 존재들과 당면한 현실의 모습을 동시에 다루는 작업은 언뜻 모순처럼 보인다. 그렇지만 신돈복에게 이 둘은 앎의 지평을 넓힌다는 점에서 동일한 의미를 지녔다. 그는 낯선 것을 익숙하게, 익숙한 것을 낯설게 기록함으로써 눈에 보이는 것만 믿는 사람들의 시야를 넓히고자 했다. 그래서 우리는 '학산의 시시한 이야기'를 읽으며 이 세계와 그 너머의 것들을 한눈에 조망할 기회를 얻는다.

이 책은 『학산한언』에 실린 여러 글 가운데 특히 인간과 세계에 대한 이해의 폭을 넓히는 이야기를 선별하여 번역했다. 별세계와 상상의 존재, 흥미로운 귀신 이야기, 인간들이 마주했던 각기 다른 운명과 이에 맞서는 자세, 신선에 대한 기록, 부(富)를 갈망하는 세상에 대응해 나가는 삶의 양태, 조선의 뛰어난 인물에 대한 보고들을 각각 하나의 장으로 구성했다.

이 책을 통해 오늘날의 독자가 조선 시대를 살았던 낯설고도 익숙한 인간형과 당시 회자되던 신비로운 존재들을 확인하고, 인식과 상상력의 지평을 확대하기 바란다.

2019년 8월
정솔미

차례

별세계의 존재

외발 귀신

봉산의 무관

이인들

인간 원숭이

채생의 늦깎이 공부법

이상한 것 낯선 것

—

학산한언 선집

별세계의 존재

별세계의 존재

겸재 정선[1]이 들려준 이야기다.

영춘(永春)의 남굴[2]은 한없이 깊기로 유명하다. 근처 사는
양반들 여럿이 함께 들어가 그 깊이를 알아보려 했다.

처음에는 횃불을 많이 들고 갔다. 굴 안은 좁다가 넓어지고
높다가 낮아지는데 들어갈수록 더욱 깊어만 갔다. 수십 리를 가
니 횃불이 거의 다 꺼졌다. 뚫린 천장으로 하늘을 보니 별 하나
가 희미하게 빛나 겨우 길을 알아볼 수 있었다. 다들 이상하게
여기면서 계속 전진했는데, 길이 갑자기 크게 열리며 해와 달이
빛났다. 별세계가 열린 것이다. 빽빽이 들어선 논밭과 촌락이 눈
에 들어왔고, 소, 말, 닭, 개가 돌아다녔다. 풀과 나무가 무성해
2~3월쯤 되어 보였고, 시내는 콸콸 흘러 물레방아 소리에 화답
했다. 보이고 들리는 게 이 세상과 다른 점이 전혀 없었다.

그들은 먼 길을 온 터라 모두 배가 고팠다. 한 촌가에 들어가
음식을 좀 부탁했지만 집주인은 본체만체했다. 큰 소리로 불러
봐도 역시 묵묵부답이었다. 그 사람 앞에 가서 몸을 붙들고 흔들
어대며 크게 소리를 지르고 나서야 주인은 깜짝 놀라 말했다. "이

1_ 겸재(謙齋) 정선(鄭敾): 1676~1769. 조선 산수를 아름답게 그린 화가로 이름이 높았다. 신
돈복이 서울 북촌(北村)에 살 때 이웃으로 지냈다.
2_ 남굴(南窟): 충청북도 단양군 영춘면 하리에 있는 석회암 동굴이다. 몹시 깊고 종유석과 석
순이 많아 화려하고 아름답기로 이름났다.

건 분명 뭐가 붙은 게야!" 마침내 도망쳐 부엌으로 들어가 밥을 지어 물에 말아 띄웠다. 흡사 무당이 귀신을 쫓을 때와 같았다.

그들은 몹시 배가 고팠으므로 함께 그 밥을 먹었다. 그러고 는 다른 집으로 갔는데, 밥을 지어 쫓아내기를 앞의 집과 꼭 같 이 했다. 그들이 비로소 그 별세계는 이 세상과 정반대임을 깨닫 고, 마침내 돌아갈 길을 찾기 시작했다.

왔던 길을 따라 앞으로 나가 어떤 골짝 한가운데로 들어섰 다. 서로 의지하여 기어오르다 보니 별안간 이 세상이 나왔는데, 높은 산봉우리 위였다. 한참을 살펴보니 배 하나가 강을 거슬러 오고 있었다. 일제히 배를 부르자 뱃사공이 산 아래에 배를 대어 주었다. 그 봉우리는 단양의 옥순봉3_이었다.

겸재가 그 양반에게 직접 들은 이야기라 한다.

내가 『대명일통지』4_를 봤는데, 광신부(廣信府) 귀계현(貴溪 縣) 귀곡산(鬼谷山)에 있는 귀곡동(鬼谷洞)은 깜깜하여 사람들이 횃불로 비춰야 보인다고 한다. 4리쯤 가면 동굴이 하나 있는데 입 구가 좁다. 전하는 말로는 옛날에 어떤 사람이 그 안에 들어갔는 데 꼬불꼬불한 길로 점점 깊이 가니 사람이며 집들이 나타났는 데, 엄연히 인간 세상과 같았다 한다.

3_ 옥순봉(玉筍峰): 단양과 제천 경계에 있는 산봉우리. 몹시 아름다워 '단양팔경' 중 하나로 꼽힌다.
4_ 『대명일통지』(大明一統志): 명나라 시대의 지리지.

또 『유양잡조』[5]-에는 다음과 같은 이야기가 실려 있다. 개성[6]- 말, 영흥방(永興邦)에 사는 왕을(王乙)이 우물을 파고 있었다. 열 길 정도 팠는데 홀연 그 아래서 사람 소리며 닭소리가 시끄럽게 들려왔다. 그는 너무나 무서워 더는 파지 못했다. 이 굴이 앞의 것들과 같은 유인지는 잘 모르겠다.

이들 이야기는 모두 믿을 만하다. 우리의 눈과 귀가 닿지 않는 깊은 동굴 안에는 상식으로 헤아릴 수 없는 괴이한 게 많을 것이다. 어떻게 이런 일이 없다고 단언할 수 있을까?

단양의 명승지 남굴과 옥순봉을 배경으로 별세계 체험을 그려 낸 작품이다. 여기 나오는 별세계는 환상적인 유토피아가 아니라 인간 세상과 다를 바 없고 그저 인간과 귀신의 처지가 뒤바뀌어 있는 공간이다. 인물들은 별세계 체험을 통해 귀신이 실제 존재한다는 사실과 인간도 저 세계의 질서에서는 귀신으로 여겨질 수 있음을 담담히 깨닫는다.

신돈복은 『학산한언』 곳곳에서 '다른 존재들'에 대한 호기심 어린 시선과 긍정적 인식을 보인다. 이런 주장을 뒷받침하기 위해 조선

5_ 『유양잡조』(酉陽雜俎): 당나라 때 단성식(段成式)이 신비로운 이야기와 다양한 정보를 모아 엮은 책이다.
6_ 개성(開成): 836~840. 당나라 문종 연간.

과 중국의 다양한 문헌을 제시하는 것도 『학산한언』에 자주 보이는 글쓰기 방식이다.

기이한 말 표동

광해군(光海君) 때 한 사또가 있었다. 관아에 새로 부임하여 몇 년 묵은 억울한 옥사(獄事)를 해결해 주니, 그 집 노파가 은혜에 보답하고 싶다며 갓 낳은 망아지를 치마폭에 싸서 건네며 이렇게 말했다.

"제 지아비가 살아 있을 때 말 사백 마리를 키웠는데, 쓸 만한 놈이 없다며 매일 한탄했더랍니다. 그런데 하루는 암말 한 마리를 가리키면서 '저놈이 신령한 말을 낳겠군!'이라고 했지요. 이 말이 바로 그 암말의 새끼입니다."

사또가 해임되어 서울로 올 때까지 그 말은 여전히 조그만 망아지였다.

전창위 유정량[1]은 당시 '백락'[2]이라 불리는 사람이었다. 그가 100금을 들여 이 망아지를 샀다. 망아지가 자라니 과연 신령한 준마였다. 이름을 '표동'(豹童)이라 붙였는데 광해군이 소문을 듣고서 표동을 빼앗아 갔다. 또 유정량을 조부 유영경의 일에 연좌해 전라도 고부[3]의 옥에 가두고, 가시 울타리를 둘러쳤다.

어느 날이었다. 광해군이 표동을 타고 후원(後苑)을 달리는데, 표동이 갑자기 몇 길 높이로 뛰어올라 왕을 내동댕이쳤다. 광

1_ 전창위(全昌尉) 유정량(柳廷亮): 1591~1663. 선조의 딸 정휘옹주(貞徽翁主)의 남편이다. 조부 유영경(柳永慶, 1550~1608)이 선조의 적자(嫡子) 영창대군(永昌大君)을 옹립했는데 유정량은 이 일에 연루되어 광해군 때 귀양살이를 했다.
2_ 백락(伯樂): 주(周)나라 때 사람으로 명마를 잘 알아봤다.
3_ 고부(古阜): 정읍의 옛 지명.

해군은 마침 호위병이 붙들어 주어 목숨을 구했고, 말은 담장을 훌쩍 뛰어넘어 질주해 하루 만에 고부에 도착했다.

유정량은 캄캄한 밤중에 가시 울타리로 누가 들어오는 소리를 들었다. 등불을 들고 보니 표동이었다. 표동은 방문으로 뛰어들어와 벽 사이에 있는 협실(夾室)에 깊이 숨더니 꿇어 엎드려 일어나지 않았다. 유정량은 몹시 놀라며 필시 무슨 일이 생긴 거라고 생각했지만, 몹시 기이하여 1년간 표동을 협실에서 먹여 길렀다. 광해군은 현상금을 내걸고 대대적으로 말을 수색했다. 수색대는 유정량이 있는 곳까지 찾아왔지만 3년이 지나도록 끝내 허탕을 쳤다.

하루는 표동이 갑자기 갈기를 떨치고 발을 구르며 크게 울면서 몸을 폈다. 잠시 후 인조반정[4] 소식이 도착했다.

유정량이 석방되어 상경하던 길에 경기도의 한 마을을 지나는데, 표동이 거기서 갑자기 작고 외진 산길로 들어갔다. 종들이 끌어서 큰길 쪽을 향하게 해도 말은 아랑곳하지 않고 꿋꿋이 작은 길로 향해 갔다. 워낙 기이한 말인지라 결국 저 가는 대로 내버려 두었다.

어느 숲속에 다다르자 어떤 사람이 엎드려 있었다. 유정량이 살펴보니 바로 유씨 가문 평생의 원수였다. 마침 원수를 갚고자 했는데 이렇게 갑자기 마주친 것이다. 유정량은 종들을 시켜 그

4_ 인조반정(仁祖反正): 1623년 서인과 남인이 광해군을 축출하고 인조를 세운 사건.

를 포박해 붙들어 오게 했다. 그가 결국 처형되니 이 일을 기이하게 여기지 않는 이가 없었다. 인조는 이 일을 듣고 말에게 정3품의 벼슬을 내렸다.

유정량이 죽고 반혼[5]하자 말은 곡기를 끊고 죽어 버렸다. 동대문 바깥에 말을 묻었는데, 지금도 커다란 무덤이 있다.

'맑고 깊은 기운'[6]을 사람이 얻으면 성스럽게 되고 동물이 얻으면 신령하게 된다. 하늘이 이 기운을 사람에게 주지 않고 동물에게 주었으니, 이는 이치에 맞기는 하지만 아쉬운 일이 아니겠는가!

광해군을 폭군으로, 인조를 성군으로 보는 시각에서 그린 이야기로 신령한 동물을 전면에 내세운다. '표동'은 천리마일 뿐 아니라 선악을 구분할 줄 알고 의리를 지키며 앞날을 내다볼 줄 안다. 특별한 능력을 지닌 동물을 내세워, 암울한 시대에 훌륭한 인물이 있으면 좋겠다는 바람을 넌지시 표출하고 있다.

5_ 반혼(返魂): 장례 후 신주(神主)를 집으로 가져오는 일이다.
6_ 맑고 깊은 기운: '담일'(湛一)한 기운. 성리학에서 존재의 근원이 되는 기운이라고 한다.

이상한 선비화

태백산 부석사[1] 뒤편의 조그만 암자 안에는 의상대사[2]가 입적하실 때의 소상(塑像)이 있다. 암자 가운데 진귀한 나무가 있는데 이름을 '선비화'(仙飛花)라 한다. 잎사귀는 싸리나무 같은데 세 가지 색깔의 꽃을 피워 낼 수 있다.

의상대사가 입적하실 때 암자 바깥에 지팡이를 꽂으며 말씀하셨다.

"이 지팡이는 가지와 잎사귀를 틔울 것이다. 그게 시들지 않으면 내가 불멸하는 것이다."

선비화는 지금 천여 년이 되도록 여느 나무들과 똑같이 꽃과 잎이 피고 지고 한다. 암자의 처마 안쪽에 있으면서도 길이가 한 길 남짓한데, 이슬이며 비를 맞지 않았고 한 길 넘게 더 크지 않았다.

퇴계 선생이 그 기이함을 시판(詩板)에 이렇게 적었다.

지팡이 머리에 절로 조계수[3] 있어 　　　杖頭自有曹溪水,
천지의 비와 이슬의 덕 빌리지 않네. 　　　不借乾坤雨露恩.

1_ 부석사(浮石寺): 경상북도 영주시 부석면에 있는 절. 신라 문무왕 16년(676)에 의상대사가 왕명으로 창건했다.
2_ 의상대사(義湘大師): 625~702. 신라의 승려로 원효대사(元曉大師)와 함께 당나라에서 유학했다. 우리나라 화엄종의 비조이다.
3_ 조계수(曹溪水): 중국 광동성 곡강현(曲江縣) 쌍봉(雙峰)에 흐르는 물. 선종(禪宗)의 제6조 혜능(慧能)이 조계수에서 목욕을 하고서 하루아침에 불가의 이치를 깨달았다고 한다.

광해군 때 정조[4]가 그 밑동을 잘라 지팡이를 만들었다. 그 후 잘라 낸 밑동에 가지가 무럭무럭 자라나 10년이 안 되어 예전과 똑같아졌는데, 일정한 길이가 된 뒤에는 더 자라지 않았다. 정말 괴이하지 않은가!

신라 의상대사로부터 유래한 선비화는 비를 맞지 않아도 절로 자라며 어떤 일을 겪든지 천여 년간 일정한 크기를 유지한다. 무수한 사람들이 태어나고 죽고 부침을 겪는 긴 세월 동안 오롯이 제 모습을 지켜 온 나무의 모습이 인상적이다.

작품에 보이듯이 퇴계 이황이 선비화에 대해 시를 썼으며, 그 후 이 나무가 조선 문인들에게 무척 유명해졌다. 박지원의 『열하일기』에는 중국인들까지 선비화를 궁금해했다는 기록이 보인다. 이 나무는 '골담초'(骨擔草)인데 지금도 부석사에서 볼 수 있다.

4_ 정조(鄭造): 1559~1623. 광해군 때 이이첨(李爾瞻, 1560~1623)과 함께 인목대비의 폐위에 앞장선 인물로 인조반정 후에 처형되었다. 세간에 '선비화'를 잘라서 처형되었다는 소문이 돌았다.

신선과의 만남

화담(花潭) 서경덕(徐敬德, 1489~1546)은 성리학으로 명성
을 떨쳤는데 또한 이인(異人)이기도 하다. 차천로의 『오산설림』[1]
에 그 아버지 차식(車軾)이 들려준 다음 이야기가 실려 있다.

화담이 병이 위중하여 차식에게 병문안을 와 달라고 했다.
그를 가까이 와 앉게 하고는 이렇게 말했다.

"내가 기이한 일을 겪었는데 지금껏 발설하지 못했네. 이제
죽음을 앞두고 그 일을 끝내 묻을 수 없어, 비로소 자네에게 전
하네.

내가 아무 해에 지리산을 구경했네. 천왕봉(天王峯)을 등정
하려는데 점을 쳐서 얻은 효사[2]가 너무 이상한 거야. 그래서 종
한테 말했지.

'이번 행차에 틀림없이 이인을 만날 것이다.'

산을 반쯤 올라 소나무 아래서 쉬고 있는데, 갑자기 구름 그
림자가 드리워졌네. 고개를 들어 보니 어떤 장부가 날개옷을 입
고 구름을 밟고서 공중에 떠 있더군. 나이는 한 서른쯤 되었고
양쪽 겨드랑이 아래로 털이 한 척은 드리워져 있었지. 손을 모아

1_ 『오산설림』(五山說林): 차천로(車天輅, 1556~1615)가 지은 야담집. '오산'은 차천로의 호다.
2_ 효사(爻辭): 주역점(周易占)에서 얻은 괘에 대한 풀이. 산가지로 점을 쳐서 6개의 괘를 얻고,
'효사'로 이 괘를 해석한다.

내게 읍하고는 말했네.

'구전술3_ 상급이 되면 대낮에 승천할 수 있고, 중급이 되면 우주 팔방을 날아다닐 수 있고, 하급이 되면 천 년 동안 정좌(靜坐)할 수 있소. 그대 나를 따라 유람할 수 있겠소?'

내가 말했지.

'내 이미 그대가 나를 찾을 걸 알았소만 구전술은 현실에서 너무 높고 아득하오. 나는 공자를 배우는 사람이라 익히고 싶지 않소이다.'

그 사람이 탄식하며 말하더군.

'도가 같지 않으니 함께 도모할 수가 없구려. 그대가 고사(高士)임을 알겠소.'

그는 손을 모으고 번개처럼 사라졌네. 그때 그 사람과 묻고 답했던 것을 주변 사람들은 보지 못했다더군."

차식은 화담의 제자다. 제자가 스승의 말을 전하고, 또 아들이 아버지의 말을 전한 것이니 어찌 거짓된 이야기겠는가?

3_ 구전술(九傳術): 단약(丹藥)을 아홉 번 달이는 방법. 이렇게 달인 단약을 먹으면 신선이 되어 장생불사(長生不死)한다고 한다.

잘 알려져 있듯이 화담 서경덕은 16세기의 탁월한 유학자로서 선가(仙家)에도 도통한 인물이다. 이 이야기는 언뜻 유자로서의 본분을 지키고자 했던 서경덕의 면모를 그리는 것 같으나, 자세히 보면 신선의 존재나 방술(方術)을 구체적으로 보여 주는 한편 그것이 실재함을 강조하는 데 목적이 있다.

신돈복은 도가(道家)에 깊은 관심을 기울였으며, 나아가 조선 도가의 학맥과 조선의 신선을 빠짐없이 기록하고자 했다. 그래서 『학산한언』에는 다른 기록에서는 찾아볼 수 없는 신선과 이인들이 개성적으로 그려져 있다. 신돈복이 가졌던 '다른 존재들'에 대한 열린 시각은, 이와 같은 그의 도가적 성향과 관련이 깊다고 여겨진다.

강철이라는 용

'강철'(江鐵)은 용의 한 종류다. 지나는 곳마다 반드시 바람과 우박이 일어 꽃이며 열매가 다 떨어지니 '강철이 지나는 곳은 가을도 봄이 된다'는 말이 있다. 곽생(郭生) 항제(恒濟)가 다음 이야기를 해 주었다.

그가 공주[1]에 있을 때 일이다. 하루는 떠들썩한 소문이 들렸다. 계룡산에 용이 떨어졌는데 절의 중들이 숨겨 놨다는 것이다. 구경하러 가는 사람의 발걸음이 이어졌으나 용은 보이지 않았다. 그래도 사람들은 점점 많아져 절 문간이 북적였다. 이때 병사(兵使)가 순찰하다가 그 절을 지났다. 중을 불러 자세한 정황을 물으니 이렇게 대답했다.

"지난번 비바람이 크게 일었을 때 공중에서 어떤 물체가 떨어져 우물가에 웅크리고 앉아 있었습니다. 소 같은데 소는 아니고 말 같은데 말은 아니며 세상에서 본 적 없는 형체였습니다. 용인가 싶어 사람들이 볼까 봐 풀로 덮어 놓았는데, 하루 지나자 자욱이 운무로 덮여 홀연 어디에 갔는지 알 수 없었습니다. 뇌우(雷雨)가 퍼부을 때 공중으로 올라 못 봤을 겁니다."

1_ 공주(公州): 지금의 충청남도 공주시에 해당한다.

이의제(李宜濟)가 말했다.

"그건 강철이란 게 아닌가? 근래에 철원(鐵原) 땅에 비바람이 크게 불었다지. 백성들은 강철이 어느 연못 안에 있다 했다더군. 철원, 평강(平康), 금화(金花) 세 고을 우두머리가 모여 쫓아내기를 공모했네. 장정을 대거 차출해 그 연못을 에워싸고 커다란 돌을 잔뜩 던지고, 땔나무를 태워 활활 달구어 물속에 넣었더니 잠시 후 물 가운데서 부글부글 거품이 끓으면서 어떤 망아지 같은 물체가 뛰어올랐다네. 물속을 이미 운무가 에워싸고 있었는데 공중으로 가 버렸지. 이윽고 비와 우박이 쏟아졌다지."

아마 이것은 악물(惡物)일 것이다. 다만 강철이 이 세상 것이면서도 그 생김새와 이름이 책에 실리지 않았으니 알 수 없다. 혹자가 말하기를 강철은 가뭄 귀신[2]이라 한다. 강목에 실린 송경의 말[3]에 붙인 소주(小註)에 "가뭄 귀신은 용 머리에 사람 몸을 하고 있는데 그걸 보게 되면 큰 가뭄이 온다"는 말이 보인다.

2_ 가뭄 귀신: 한발(旱魃)을 말한다. 한발은 중국 신화에 등장하는 가뭄의 여신이다.
3_ 강목(綱目)에 실린 송경(宋璟)의 말: '강목'은 송(宋)나라 주희(朱熹, 1130~1200)가 편찬한 『자치통감강목』(資治通鑑綱目)을 말한다. '송경'은 당나라의 저명한 재상이다.

강철은 '독룡'(毒龍)이라고도 한다. 사람을 공격하지는 않는데, 비와 우박을 동반해 사람에게 피해를 가져다주기에 '악물'이나 '독룡' 따위로 불렸다. 사람들이 쫓아내자 도망치는 모습이 신령한 용과는 달리 약해 보인다.

용이 된 물고기

　재상을 지낸 잠곡(潛谷) 김육(金堉, 1580~1658)이 성균관에서 재임[1]_을 할 적에 상소를 올렸다. 이이첨을 벌해 기강을 바로잡아 달라는 것이었다. 그러다가 도리어 벌을 받아 과거 시험을 접고서 세거(世居)하던 가평 잠곡[2]_으로 피해 지냈다. 시골집 앞 조그만 연못에는 물고기를 길렀다. 그는 항상 물고기를 구경하며 먹이를 주곤 했다. 그중 가늘고 기다란 물고기 한 마리가 있는데, 이름 모를 것이라 공이 이 물고기를 기이하게 여겼다. 밥을 던져 주면 이 물고기가 언제나 가장 먼저 왔다. 여러 해를 기르자 물고기는 길이가 4~5척이 되어 보기 드물게 커다란 덩치가 되었다.

　하루는 공이 꿈을 꾸었는데 이상하게 생긴 사람이 와서 이렇게 고했다.

　"저는 연못의 물고기입니다. 내일 승천할 것이니, 공께서는 놀라지 마시고 반드시 피해 계십시오."

　잠에서 깨어 기이하게 여겨 가족들을 피신해 두고 기다렸다. 그날 오후 백주대낮에 폭우가 내리고 천둥이 꽝꽝 치더니 연못에서 용 한 마리가 올라왔다. 용은 그윽한 구름이 에워싼 가운데 공중으로 떠올라 날아갔다.

1_ 재임(齋任): 성균관과 같은 교육기관에서 기거하며 일을 맡아보던 유생(儒生)을 말한다.
2_ 가평(加平) 잠곡(潛谷): 지금의 경기도 가평군 청평면 청평리에 해당한다.

계해반정(癸亥反正: 인조반정)이 지난 뒤에, 공이 내포마을에 일이 있어 걸어서 길을 떠났다. 목적지에 거의 도착해 작은 고개를 바라보니 그 너머로 허연 기운이 부글부글 끓었다. 공이 아무리 봐도 무엇인지 알 수 없었다. 천천히 걸어가고 있는데 홀연 어떤 사람이 뒤따라오더니 큰 소리로 고함쳤다.

　"거기 가시는 분, 잠시 멈추시오!"

　공이 걸음을 멈추고 돌아보니 어떤 거사(居士)가 있었다. 거사는 공의 코앞까지 달려와 손을 잡고서 산꼭대기로 질주했다. 이윽고 허연 기운이 해일이 되어 모든 것을 덮쳐 버렸다. 아까 봤던 작은 고개는 이미 사라진 뒤였다. 이 사람이 아니었으면 공은 물에 빠지거나 산에 깔려 죽을 뻔했다. 그의 생김새가 옛날 꿈에서 봤던 사람 같아 공이 자초지종을 물으려 했다. 그러나 그 사람은 끝내 고사하고 산을 넘어 금세 사라졌다. 공은 결국 한마디 말도 듣지 못했는데, 훗날 이 이야기를 들은 사람들은 '용이 공의 덕에 보은했다'고 한다.

　김육은 이 행차에서 곧바로 다른 데 들를 곳이 있었다. 돌아갈 날짜는 정하지 않은 상태였다. 그런데 객사에서 어떤 선비를 만났다. 그는 이렇게 말했다.

　"그대는 왜 과거 시험을 안 보고 여기 있습니까?"

　"내 부득이한 일이 있어 그렇소. 어떻게 그대 말만 믿고 돌아가겠소?"

"나라에 큰 경사가 있어 이제 과거 시험이 있을 텐데, 나흘을 넘기면 도착하지 못할 겁니다. 여기서 돌아가면 겨우 날짜 안에 닿을 수 있지요."

"내 이번 행차는 정말 부득이한 일이라 쉽게 돌아갈 수가 없소."

"그대가 안 가면 이번에 장원 급제자가 없어 과거 시험에 차질이 생깁니다."

공이 그 말을 기이하게 여겨 마침내 발걸음을 돌려 도성으로 들어갔다. 도착한 다음 날 바로 별시(別試)가 있었다. 공은 시험을 쳐 과연 장원으로 급제했다.

곤경에 처하면 이인이 나타나건만 세상 사람들은 알아보지 못하는구나!

잠곡 김육은 대동법을 시행한 경세가로 잘 알려져 있다. 그는 가평에 은거할 적에 '회정당'(晦靜堂)이라는 집을 짓고 몸소 농사를 지었다. '회정당'은 "군자는 숨어 살면서 잠잠히 기다린다"(君子以晦

處靜(矣)는 옛 글귀에서 따온 말이다. 빼어난 능력을 갖추고도 시골에서 숨어 살아야 했던 당시 김육의 처지가 본디 용인데 연못 속에 숨어 살아야 했던 물고기와 닮았다. 은거하던 시절의 김육을 '잠룡'으로 여겼던 당대 사람들의 상상력이 빚어낸 이야기로 여겨진다.

이상한 것, 낯선 것

공자께서 '괴이함'과 '무력'과 '패란'과 '귀신'에 대해서 말씀하지 않으신 것은,[1] 그것이 이치에 맞지 않아서가 아니라 공부하는 사람들에게 가르칠 만한 게 못 되기 때문일 터이다. 천지 사이엔 없는 게 없다. 그런데 그중 익숙하게 보이는 것들만 정상이라 하고 자주 안 보이는 것은 이상하다고 한다. 오로지 견문이 풍부하여 박식하고, 깊고 오묘한 경지를 통찰하는 사람만이 외물에 현혹되지 않는다.

그래서 우임금이 천하의 괴물을 구정(九鼎)에 그려 넣었고,[2] 공자는 『시경』(詩經)을 칭찬하면서 '풀과 나무, 새와 짐승의 이름을 많이 알게 한다'고 했으며 붉은 부평초, 하얀 뼈, 돌화살촉, 흙 괴물 등을 알려 주셨다.[3] 성인(聖人)은 널리 상고하고 이해가 분명한 분이므로, 사물의 뜻과 이치를 끝까지 탐구하신 것이다.

『태평광기』[4]를 지을 때 재상 이방(李昉) 등은 모두 이름난 신하였다. 천하 고금의 일을 널리 수집하여 기록하고 편집하여 바친 것이지, 어찌 잡스러운 일을 갖고 임금을 인도한 것이겠는가? 임금으로 하여금 천지 사이의 인정(人情)·물리(物理)·유명

1_ 공자께서 괴이함과 ~ 않으신 것은: 『논어』(論語) 「술이」(述而)에 나오는 말이다.

2_ 우(禹)임금이 천하의 ~ 구정에 그려 넣었고: 하(夏)나라의 우임금은 홍수를 다스려 세상을 안정시켰다. 그 후 온 세상의 쇠를 거두어들여 아홉 개의 솥을 주조하고, 여기에 각종 맹수와 괴물의 형상을 새겨 넣었다.

3_ 붉은 부평초 ~ 등을 알려 주셨다: 공자가 붉은 부평초·흰 뼈·돌화살촉·흙 괴물에 대해 설명한 일화가 『사기』(史記) 「공자세가」(孔子世家)에 나온다.

4_ 『태평광기』(太平廣記): 송(宋)나라 태종(太宗) 때 재상 이방(李昉) 등이 편찬한 책으로, 귀신·신선·도술·역사·지리·종교·민속 등 다양한 내용을 담았다.

(幽明)·변화를 두루 알아 문밖을 나서지 않고서도 모든 것을 알게 하려는 것이니, 그 뜻이 깊다. 관건은 예(禮)를 갖추어 요약하는가이다.

'이상한 것'을 적극적으로 변호하는 글로서『학산한언』의 성격을 단적으로 드러낸다. 일찍이 공자는 '괴이함, 무력, 패란, 귀신'을 말하지 말라고 한바, 이는 유가적 글쓰기의 중요한 지침이 되었다. 귀신, 괴물, 저승 등 신비로운 소재가 조선 시대 대다수의 문헌에서 풍부하게 다루어지지 않은 것은 이 때문이다.

그러나 신돈복은, 공자가 그렇게 말했던 것은 단지 '이상한' 소재들을 함부로 다룰까 경계했기 때문이지 이들 자체가 문제가 되는 건 아니라고 주장한다. 짤막한 글에 고사를 잔뜩 넣은 것은 이러한 주장을 뒷받침하기 위해서다. 이 책에 나오는 기이한 이야기들은 신돈복이 그 나름의 가치를 인정해 준 덕에 사라지지 않고 전해질 수 있었다.

외눈박이 사신

다음은 내가 들은 이야기다.

박문수가 동지사로 옥하관에 있을 때1_ 외눈박이 나라 '일목국'(一目國) 사신도 거기 있었다. 양쪽 눈썹 사이에 외눈이 길게 있는데 눈동자가 노란빛으로 이글이글 타올랐다. 의복도 이상했다. 박문수에게 시를 한 편 주었는데 다음과 같았다.

바다 바깥의 이름난 나라 귀로만 들었지　　海外名區但耳聞,

우연히 북경에서 만날 줄 꿈에도 몰랐네.　　豈知萍水會燕雲.

천지에 중화와 오랑캐 구별 못 보았으니　　乾坤不見華夷別,

마음에 어찌 초나라 월나라 구분 있을까?　　肝膽何曾楚越分.

역관에게 통역케 말고　　　　　　　　　　莫使嘶工頗致語,

필담으로 문장을 자세히 논해 보세.　　　　宜將筆舌細論文.

돌아갈 땐 꾀꼬리 울고 꽃 피는 봄철이리니　歸期政在鶯花節,

안개 노을 볼 때마다 그대 생각하겠네.　　　到處煙霞却憶君.

박문수는 '화이'(華夷)라는 두 글자 때문에 화답해 주지 않

1_ 박문수(朴文秀)가 동지사로~있을 때: 박문수(1691~1756)는 소론계 문인으로, 암행어사를 지낼 때 유명한 일화를 많이 남겼다. 그가 동지사로 청나라에 다녀온 것은 1738년의 일이다. '옥하관'(玉河館)은 조선 사신들이 북경에서 머물던 숙소 이름이다.

왔다. '오랑캐'(夷)는 일목국을 스스로 일컬은 말일 텐데, 싫어할 만한 말인지 잘 모르겠다.

나는 천하 지도에서 '일목국'과 가슴에 구멍이 뚫린 사람이 산다는 '천흉국'(穿胸國)이 있는 것을 보고 정말 이상하다고 생각했다. 그리고 이 나라들은 중원으로 도저히 통하지 않는 저 변두리에 붙어 있겠거니 했다. 그런데 이들이 지금 중국에 공물을 바치러 와 시를 쓴다. 게다가 중화의 시와 별로 다를 게 없으니 이른바 '거동궤, 서동문'² 이라는 말이 정말인가보다.

사람은 모두 눈이 두 개인데 저들은 오직 하나밖에 없다. 세상에서 치우친 기운을 받아 태어났기 때문이다. 이로 미루어 보면 다른 것도 알 수 있다. 생김새에 치우친 기운을 받았는데, 마음이 어떻게 온전한 기운을 받았겠는가?

우리에게는 암행어사로 친숙한 박문수가 청나라에 사신으로 갔을 때 만난 기이한 '일목국' 사람 이야기다. '일목국'은 본디 중국 고대의 지리서 『산해경』(山海經)에 전하는 전설상의 나라다.

신돈복은 '낯선 존재'인 일목국 사신의 시를 존중하고 그 문화

2_ 거동궤, 서동문(車同軌, 書同文): '모든 지방의 수레바퀴 간격이 같고, 모든 지역의 글자가 같다'는 뜻으로 천하가 통일됨을 일컫는 말이다.

에 대해 열린 시선을 보인다. 다만 논평 마지막 부분에서, 일목국 사신의 남다른 생김새를 '치우친 기운' 때문으로 여기고 그 마음 상태까지 부정적으로 보고 있다. 이런 대목은 현대의 독자에게, 여전히 우리가 '다른 존재들'에게 차별적 시선을 던지는 것은 아닌지 반성적 고찰을 하도록 한다.

여우의 시

　한 선비가 그림을 제법 잘 그렸다. 한번은 산을 유람하다가 깊은 곳에 이르렀는데 마을이 하나 있었다. 마을 사람들이 모두 절을 하며 선비를 맞아들였다. 해가 이미 저문 터라 어떤 집에 가서 하룻밤 자기로 했다.

　그 집에는 과부 모녀만 살고 있었다. 이들은 선비가 건넨 여행 식량은 받지 않고 정갈한 새 밥을 지어 주었다. 다음날 떠날 때가 됐을 때 그 어미가 그림 한 폭을 얻고 싶다며 붓이며 모단¹ 이며 이금² 따위의 그림 도구를 받잡아 올렸다. 모단에는 삼오 칠언³이 씌어 있었는데 다음과 같았다.

물빛 깨끗하고	水色淨
산빛 아득해라.	山色遙
절은 맑은 옥경 마주하고	寺臨淸玉磬
중은 저물녘 다리를 건너네.	僧渡夕陽橋
심양에 배를 대니 기러기 드문드문	舟泊潯陽歸雁少
동정호 단풍잎은 다 져서 쓸쓸하네.	洞庭楓葉暮蕭蕭

1_ 모단(毛緞): 비단의 종류. 가는 날에 굵은 올로 짠 것.
2_ 이금(泥金): 아교에 갠 금가루 물. 그림 그리는 데 썼다.
3_ 삼오칠언(三五七言): 제일 앞의 2구를 세 글자, 다음 2구를 다섯 글자, 마지막 2구를 일곱 글자로 하여 지은 한시.

이 시는 그 딸이 지었다. 선비는 경이로워 감히 붓을 들지 못했다고 하니, 이 시는 정말로 귀신의 언어다.

다만 귀신과 요괴는 캄캄한 밤에 나타나고, 도깨비장난을 하는 여우나 삵이 훤한 대낮에 나타난다. 그 모녀는 아마도 여우나 삵이 아니었을까? 선비는 요행으로 살아 나왔구나. 다만 심양과 동정호의 거리는 천여 리나 되는데[4] 한곳에 있는 줄 알다니, 참으로 별 볼 일 없는 도깨비구나.

스산하고 쓸쓸한 느낌이 묻어나는 시는 종종 '귀신의 시'라고 불렸다. 다만 길 잃은 선비를 잘 대접해 준 과부 모녀가 쓸쓸한 시를 잘 지었다는 이유로 여우나 살쾡이로 여기다니, 도리에 맞지 않은 듯하다.

4_ 심양과 동정호의~천여 리나 되는데: 심양은 중국 강서성(江西省)에 있고 동정호는 중국 호남성(湖南省)에 있다. 지리적으로 강서성과 호남성은 붙어 있지만, 심양과 동정호의 거리는 매우 멀리 떨어져 있다.

귀신은 있다

대단히 출중한 사람은 죽더라도 그 혼백이 오래 남아 있을 수 있다.

『원사』(元史)에 이런 이야기가 있다.

무종[1] 때 환관 이방녕(李邦寧)을 시켜 석전제[2]를 드렸다. 이방녕이 막 제단에 나가는데 큰 바람이 자리 위로 불어왔다. 제단의 불은 다 꺼지고 땅에 한 척 넘게 박혀 있던 창도 모조리 뽑혔다. 이방녕이 땅에 엎드린 지 한참 뒤에야 바람이 멎었다. 사관이 이렇게 말했다.

"이방녕은 환관인데 옛 성인들을 뵈었다. 그래서 큰 바람이 불을 꺼 예를 갖추지 못하게 한 것이다. 아마도 하늘에 계신 공자의 영혼이 예에 맞지 않는 제사를 흠향하려 하지 않으신 것이리라."

이것은 성인의 영혼이 나타난 사례다.

『명사』(明史)에 이런 이야기가 있다.

명나라 황제가 전대 황제들의 소상(塑像)에 제사를 지냈다. 원나라 세조(世祖) 소상에 이르자 소상이 눈물을 뚝뚝 흘려 얼

1_ 무종(武宗): 당나라 15대 황제.
2_ 석전제(釋奠祭): 공자의 문묘에서 성인들에게 제사를 지내는 것.

굴을 다 적셨다. 명나라 황제가 말했다.

"멍청한 놈! 나는 본래 내 것이었던 천하를 가진 것이다. 너는 네 것도 아닌 천하를 잃은 건데 무엇이 슬프냐?"

그러자 소상은 눈물을 뚝 그쳤다.

이것은 제왕의 영혼이 나타난 사례다.

『대명일통지』에 이런 이야기가 있다.

화주성(和州城) 동북쪽으로 40리 떨어진 곳에 항우[3]의 묘가 있다. 금(金)나라 왕 완안량(完顔亮)이 강을 건너려고 배교[4]를 던졌는데 점괘가 안 좋았다. 완안량은 화가 나서 항우묘를 불태우려 했다. 그런데 잠시 후 커다란 뱀이 기둥에 똬리를 틀고 나타났다. 사당 뒤편의 숲속에서는 북치는 소리와 떠들어대는 소리가 났는데, 마치 수천 명의 병사가 있는 것 같았다. 왕은 깜짝 놀랐고 좌우 신하들도 놀라 달아났다.

이것은 영웅의 영혼이 나타난 사례다.

「관부전」[5]에 이런 이야기가 있다.

전분(田蚡)이 병이 들었는데, 온몸이 다 아파 마치 누군가 때리는 것 같았다. 전분은 울며불며 사죄한다고 외쳤다. 귀신 보는 사람이 와서 보니 두영과 관부가 볼기를 치며 전분을 죽이려 하

3_ 항우(項羽): 진(秦)나라 말 한(漢)나라의 비조 유방(劉邦)과 천하를 놓고 다투었던 무장(武將). '초패왕'(楚霸王)이라고 불린다.
4_ 배교(环珓): 길흉을 점치는 데 사용하는 옥.
5_ 「관부전」(灌夫傳): 사마천의 『사기 열전』에 수록된 한(漢)나라 장수 관부에 대한 전. 관부는 호방하고 강직한 장수로 두영(竇嬰)과 절친했는데, 재상 전분에게 미움을 사 일가족과 함께 몰살당했다. 두영도 이 일에 연루되어 죽었다.

고 있었다. 결국 전분은 죽고 말았다.

이것은 협사(俠士)의 영혼이 나타난 사례다.

관우와 장자문 6_ 귀신은 지금까지도 각처의 사당에 나타난다.

이것은 열사(烈士)의 영혼이 나타난 사례다.

경청과 철현7_의 귀신이 영락제8_ 가마를 침범하여 그를 놀래켰다.

이것은 충신의 영혼이 나타난 사례다.

주자(朱子)는, "사람이 죽으면 그 기운은 곧바로 흩어지지 않는다. 때문에 제사에서 귀신과 교감하는 일이 있다"고 했다. 더구나 위에 말한 사람들은 총명하고 강한 기운을 많이 타고났으니, 어찌 평범하고 미천한 기운을 타고난 자들과 같겠는가? 이들은 분명 이 땅에 오래도록 남아 사라지지 않을 것이다. 그런데 세속에서는 귀신이 없다는 게 정론(正論)이라고 함부로 말한다. 이것이 어떻게 진정한 앎이겠는가?

6_ 관우(關羽)와 장자문(蔣子文): 관우는 삼국시대 촉한(蜀漢)의 명장이고 장자문은 삼국시대 오(吳)나라의 무신이다. 두 사람 모두 민간에서 신앙의 대상이 되었다.

7_ 경청(景淸)과 철현(鐵鉉): 모두 명나라 건문제(建文帝)의 충신으로 영락제에게 죽임을 당했다.

8_ 영락제(永樂帝): 명나라 제3대 황제인 성조(成祖). 조카인 건문제를 비롯하여 수많은 사람을 죽이고 황제가 되었다.

시대를 망라한 각종 역사서의 사례를 근거로 들며 귀신이 실재함을 주장한 글이다. 마지막에 '사람이 죽으면 그 기운이 바로 흩어지지 않아 귀신이 된다'는 주자의 귀신론을 들면서 특별한 사람의 기운은 오래 남아 있다고 주장하는데, 이는 『학산한언』에서 귀신을 다룰 때 전제로 삼는 바다.

외발 귀신

죽은 연인과의 사랑

기미년(1739) 겨울, 우리 선조의 문집이 막 순창 관아에서 간행된다 하여 교정 작업을 하러 갔다. 순창 사또 신치복 지숙[1] 씨는 나의 사촌 형인데 마침 고랭증[2]을 심하게 앓고 있어 분영(粉英)이라는 기생이 와서 병을 살폈다. 분영은 당시 나이가 일흔하나였는데 본디 의녀(醫女)였고 늙어 퇴기(退妓)가 된 뒤에는 고향으로 돌아왔다. 늙었지만 얼굴이 해사했고 말씨며 웃음소리가 우아하고 고왔다. 사촌형이 노래를 부르라고 명하자 청량한 음색을 길게 뽑는데 노인 목소리 같지 않았다. 형이 물었다.

"내 들으니 기생들에겐 평생 잊지 못하는 연인이 있다던데, 맞느냐?"

"그렇지요. 쇤네에게도 평생 잊지 못할 낭군님이 계시지요."

"누구더냐?"

"안국동[3] 권정읍(權井邑) 익흥(益興)이랍니다."

그를 잊지 못하는 이유를 물으니 다음 이야기를 해 주었다.

권 공은 키가 크고 말랐는데 술을 퍽 좋아했지요. 풍모며 말솜씨가 남의 마음을 흔들어 놓을 만하지는 않았어요. 어쩌다 저

1_ 신치복(辛致復) 지숙(知叔): 1680~1754. '지숙'은 그 자(字)다. 순창 사또를 지내던 1741년에 6대조 신응시(辛應時)의 문집 『백록유고』(白麓遺稿)를 펴냈다. 여기 나온 '우리 선조의 문집'은 『백록유고』를 가리킨다.
2_ 고랭증(痼冷症): 위장병의 일종. 배가 뭉쳐 오한을 느끼는 증상이 나타난다.
3_ 안국동(安國洞): 지금의 서울시 종로구 안국동.

를 좋아하시더니 아주 아껴 주셨죠. 동침할 땐 특별한 걸 하지 않는데도 우리 두 사람이 어찌나 잘 맞던지, 참 이상하지요. 하루라도 못 보면 심란해 즐거움이 없었답니다. 서로 사랑한 마음이 얼마나 절실했는지 짐작하시겠지요.

공께서 돌아가시고서 저는 도무지 세상에 낙이 없어 축 쳐져 살 수 없을 것만 같았답니다. 남들 따라 가무와 풍류의 자리에 억지로 갔지만 마음은 싸늘하게 식어 있었어요. 고귀한 재상님들이며 비단처럼 고운 도련님들이 화려하게 차려입고 줄줄이 들어와 온갖 농담을 하셔도 도무지 마음에 들어오지 않았거든요. 하루가 가고 한 달이 흘러도 마음속에 맺힌 한 분은 권 공뿐이셨으니까요. 달을 보면 생각나고 술을 보면 생각이 나서 시도 때도 없이 눈물이 줄줄 흐른 것이 몇 차례인지요! 이렇게 눈물을 흘리며 가슴이 아플 땐 꼭 꿈에서 공을 뵈었답니다.

하루는 서소문(西小門) 바깥 이교[4] 근처에 사는 어떤 사대부가 초대를 하여 노래꾼 몇과 함께 방문했더랍니다. 집주인이 없어 여종이 사랑방으로 맞아들여, 거기서 등불을 켜고 기다렸지요. 너무 피곤해 옆에 놓인 침구에 몸을 뉘었더니 갑자기 방안이 깜깜해졌어요. 이윽고 권 공께서 털모자에 다 해진 옷을 입고 큰 짚신을 신은 채 문을 열고 들어오시더니 제 등을 토닥이며 말씀하시더군요.

4_ 이교(圯橋): 지금의 서울시 서대문구 합동의 서소문공원 북쪽에 있던 다리. '흙다리', '헌다리'라고도 했다.

"네가 왔구나!"

저는 안부를 여쭙고 평소처럼 즐거워했답니다. 권 공께서 초상(初喪)에 발인할 때 일들을 말씀하시는데 이야기가 참 길더군요. 또 말씀하셨답니다.

"네가 나를 한결같이 잊지 않은 걸 알고 내 깊이 감동했단다."

그 말을 듣고 한참을 처연히 있는데 문득 시체 냄새가 코를 찌르는 것을 깨달았어요.

"공의 냄새가 어찌 이렇습니까?"

"죽은 지 오래된 사람이 이렇지 않고 배기겠니?"

나눈 대화가 퍽 많은데 이루 다 기억할 수는 없답니다. 한참 뒤에 권 공이 갑자기 화들짝 놀라며 말했습니다.

"말을 멈추어라, 멈춰."

그러더니 귀를 기울여 뭔가를 듣더니 급히 일어나며 말했지요.

"닭이 울었으니 내 가야 한다."

그러더니 양손에 짚신을 한 짝씩 들고 질주하여 나가 버리셨답니다. 저는 치마를 걷어붙이고 따라갔지요. 대문을 나설 때쯤 공이 나는 듯 달리시는 걸 봤고, 대로변에 갔을 때 공은 이미 아득히 멀어지셨더군요. 얼마 후 공중으로 뛰어올라 학처럼 휙 날아오르시더니 캄캄한 하늘 속으로 점점 들어가 보이지 않게 되었습니다. 저도 모르게 실성하여 통곡하다가 깨어났으니, 한바

탕 꿈이었네요. 슬퍼서 목이 메어 일어났더니 등불은 다 꺼져 있고 함께 왔던 동무들은 모두 가 버렸고 주인도 돌아오지 않았어요. 뚫린 창호지로 바람이 새어 오는 적막한 빈방에 닭들이 꼬끼오 우는 소리만 어지러이 들려올 뿐이었답니다. 거기 앉아 울다가 새벽이 밝자 울면서 집에 돌아왔어요.

그 후로는 이사해서 남대문 안에 살았어요. 그때 남별궁[5]에 큰 굿을 열어 구경하는 부녀자가 수천이라기에 저도 여염집 부녀처럼 꾸미고 여종 하나를 데리고 갔지요. 무당이 부채를 들고 방울을 울리며 빙빙 돌며 춤을 추다가 갑자기 천여 관중을 헤치더니 제게 달려왔답니다. 제 두 손을 꽉 쥐고 눈을 똑바로 보면서 마구 말을 하는데,

"너 분영이 아니냐! 너 분영이 아니냐!" 하는 것이었습니다.

저는 깜짝 놀라 영문을 몰랐어요. 한참 뒤에 무당이 이렇게 말하더군요.

"내가 바로 권정읍이다. 네가 어떻게 여기에 왔니? 내가 평소 술을 좋아한 걸 네가 알겠지. 한 잔 주지 않으련?"

저는 누가 굿을 주관했는지 알아본 끝에 비로소 권정읍의 동생 권익륭(權益隆)이 그 굿판을 벌였다는 걸 알게 되었답니다. 여염집 부녀인 양하고 왔다가 그렇게 무당을 보게 되니 처음에는 놀라고 부끄러운 마음이 일었지만, 그가 권 공이라는 것을 알고

5_ 남별궁(南別宮): 소공동에 있던 별궁.

나니 부끄러운 마음은 눈 녹듯 사라지고 슬픈 마음이 구름처럼 피어났어요. 도로 들어가 무당을 붙들고 머리를 바닥에 대고서 통곡을 했답니다. 보는 사람들이 모두 다 깜짝 놀랐지요.

　이윽고 저는 옆에 있던 여종을 돌아보고서 동전 몇 꿰미를 빌려 맛이 톡 쏘면서도 맑은 홍로주[6]를 사와 깨끗한 그릇에 가득 채우게 했어요. 또 큰 돼지머리를 사 그 가운데 칼을 꽂아 술과 함께 큰 쟁반에 담아 굿의 가운데 자리에 올렸지요. 무당은 옷을 갈아입고 부채를 흔들며 오더니 울고 웃고 하면서 쉴 새 없이 옛날에 있던 일을 이야기하는데, 틀린 말이 하나도 없어 권공이 완연히 살아 돌아오신 것 같았답니다. 한마디 한마디 할 때마다 제가 통곡을 하니 옆에서 듣던 사람들도 코끝이 찡해져 눈물을 흘리지 않는 이가 없었지요.

　저녁이 되자 굿이 끝나 돌아왔는데, 텅 빈 마음엔 슬픔과 애통함만이 가득 차 당장이라도 자결하여 권 공을 따라 죽고 싶었지요. 그날 밤은 달이 참 밝았어요. 저는 달을 바라보며 앉아서 가슴을 치며 크게 통곡했지요. 울다가 꺽꺽대다가 곡하다가 그치고, 그쳤다가 다시 곡을 했어요. 두 눈은 모두 짓물렀답니다.

　다음 날 저녁 잠이 들락말락하는데 또 권 공을 뵈었지요. 관복을 점잖게 입고서 문을 열고 들어와 앉으시더라고요. 저는 그가 귀신임을 알면서도 기쁨을 이길 수가 없어 추호도 두렵지가

6_ 홍로주(紅露酒): 소주에 갖은 약재를 넣어 제조한 붉은 빛의 술.

않았어요. 그래서 옛날처럼 함께 잠자리를 했답니다. 그렇게 여러 해를 왕래했는데 그간에 괴이하고 신령한 이야기가 참으로 많지만 다 펼칠 수는 없네요. 나중에 제가 권세가의 소실이 된 뒤에는 다시 왕래하지 않으셨어요. 간혹 꿈에서 뵈었지만 드물게 뵈었을 뿐이랍니다.

대개 사람의 마음에 맺힌 게 있으면 그것이 죽어도 흩어지지 않고, 생각이 절실하면 남을 감동시킬 수 있는 법이다. 예로부터 이런 일들이 많으니 괴이할 것이 없다. 본디 남녀의 사랑이 죽음을 넘어 결실을 맺는 일은 기록할 만한 게 아니지만, 이 이야기는 유명(幽明)의 이치를 살필 수 있으니 없애서는 안 된다. 닭이울면 환한 세상에 속하게 되는데 귀신의 거처는 어둡고 볕을 등지고 있으므로 닭 우는 소리를 듣고 놀란 것이다. 인가에 제사가 있으면 마땅히 한밤중 자시(子時: 밤 11시~1시)에 닭이 울기 전에 하는 것이 좋겠다.

일흔 넘은 퇴기 분영의 목소리로 젊은 시절 죽은 연인과 사랑했던 경험담을 생생하게 전하고 있다. 죽은 권 공은 때로 꿈에 찾아오기도 하고, 때로 굿판 무당의 몸을 통해서 나타나기도 하며, 때로 귀신으로 직접 나타나 이승에서 그를 그리워하는 연인을 위로한다. 사람과 귀신의 사랑을 다룬 인귀교환(人鬼交歡) 모티프는 동아시아 전통 서사에서 종종 보이는데, 이 작품 속의 귀신은 전통적인 방식과는 달리 좀 더 현실적인 모습으로 나타난다. 한편 저자가 이야기를 통해 귀신의 속성을 탐구하는 점도 흥미롭다.

장수 제말의 혼령

성주[1]_ 문관 정석유(鄭錫儒)가 과거에 급제하지 못했을 때의 일이다. 성주 목사 홍응몽(洪應夢)의 동생 응창(應昌)이 별시[2]_에 합격하고서 강경과[3]_를 준비하고 있었다. 홍응창은 정석유를 초청하여 매죽당(梅竹堂)에서 함께 글을 읽었다. 매죽당 앞에는 지이헌(支頤軒)이 있었다.

어느 날 정석유는 경고(更鼓)가 다섯 번 울릴 즈음[4]_ 측간에 갔다 돌아오는데 달빛이 참으로 밝았다. 지이헌에 올라 산책하며 시를 읊조리자니 갑자기 한바탕 음산한 바람이 불어와 머리털이 꼿꼿이 섰다. 급히 돌아서는데 중문에 못 미쳐 강사포에 오사모[5]_를 걸친 어떤 관인(官人)이 서쪽 담벼락 숲에 서 있는 게 보였다. 얼굴을 살펴보니 생기가 가득했고 멋진 수염이 서너 자나 되었다. 그가 정석유에게 이렇게 말을 건넸다.

"내 오랫동안 자네를 보고 싶었네. 조금만 있어 주려는가?"

정석유는 내심 그가 귀신임을 알고서 손을 들어 읍하며 말했다.

"깊은 밤에 여기서 관인을 만나 뵐 줄 몰랐습니다."

1_ 성주(星州): 지금의 경상북도 성주군.

2_ 별시(別試): 정규 과거 외에 특별히 시행된 과거.

3_ 강경과(講經科): 경전을 암송하고 그 내용에 대한 문답을 통해 합격자를 선발하는 시험이다. 조선 시대 과거 시험은 처음에 치르는 초시(初試)와 초시에 합격한 이후 치를 수 있는 복시(覆試)로 나뉘는데 '강경과'는 복시의 제1차 시험에 해당한다.

4_ 경고(更鼓)가 다섯 번 울릴 즈음: 새벽 3시~5시경.

5_ 강사포(絳紗袍)에 오사모(烏紗帽): '강사포'는 붉은 빛깔 예복이며 '오사모'는 관복을 입을 때 쓰는 검은 빛깔의 벼슬아치 모자다. 신장(神將)의 복색이기도 하다.

그러고는 놀란 마음으로 어디 사는지를 물으니, 그가 슬픈 낯빛으로 말했다.

"동서남북에 정처 없는데 하필 어디 사는지 묻다니! 내 성명을 알고 싶은가? 내게 '제 목사'(諸牧使)라는 관명이 있다네. 자네에게는 옛 수령이 되는군. 이 고을 선생안[6]에서 볼 수 있네."

"그럼 무슨 일로 저를 보고 싶어 하셨습니까?"

"나는 본디 고성[7]의 상민이다. 임진왜란 때 병사를 일으켜 왜적을 토벌하자 조정에서 특별히 이곳 목사를 제수했지. 그런데 얼마 안 되어 전사하는 바람에 공명을 크게 떨치지 못했다. 바다를 건너 적진을 격파하고 정진[8]에서 왜적을 맞아, 적은 수로 많은 수에 맞서고 약한 병사로 강한 적군을 제거했지. 적군을 사로잡고 목을 베고 쳐부순 공로가 후세에 드러날 만한데, 그때의 격문은 사라지고 역사는 나를 전하지 않으니 후대 사람 중 제 목사를 아는 사람은 다시는 없네. 세상 떠난 사내의 혼백이 원한에 사무치면 수백 대를 지나도 사라지지 못하고 구름 낀 음산한 날과 보름달 뜨는 밤이면 나타나는 법일세. 억울한들 누구에게 호소하겠는가! 자네와 이야기하고 싶어한 것은 이 때문이네.

하늘이 내게 몇 년만 더 빌려줬더라면 왜적 한 놈도 집에 돌아가지 못하게 했을 텐데! 단창필마(單槍匹馬)로 백만 대군과 부딪쳐 적장을 베고 깃발을 뽑는 것은 오직 나만 할 수 있었으니,

---

6_ 선생안(先生案): 전임 관리의 명부.
7_ 고성(固城): 지금의 경상남도 고성군.
8_ 정진(鼎津): 경상남도 의령군 남동쪽에 있는 나루. '정암진'(鼎巖津)이라고도 한다. 이곳에서 곽재우가 이끄는 의병들이 왜군에게 대승을 거두었다.

정기룡[9]-같은 이가 어찌 나와 필적했겠는가? 나만 정기룡을 부하로 대하지 않고, 기룡도 나를 장수로 섬겼지. 정기룡은 결국 아름다운 이름을 세우고 지위도 통제사(統制使)에 이르러 사람들의 입에 오르내리는데 나는 그러지 못했으니 이는 운명이구나. 대장부가 적군을 섬멸한 공으로 기린각에 초상을 못 걸고,[10]- 청사(青史: 역사)에 이름을 전하지 못하여 뜻이 후세에 전해지지 않으니 죽어도 백만 천만년의 원한이 그칠 수 있으랴!"

그는 검을 허리춤에서 뽑아 보여 주며 말했다.

"이 검은 내가 군대에 있을 때 쓰던 것이네. 항상 왜놈 장수를 베었지."

검은 길이가 한 척 정도 되는데 칼등에 옅은 핏자국이 있고 달빛 아래 섬광이 번뜩였다.

제 목사는 북받쳐 오르는 깊은 한숨을 토해 냈다. 피가 얼굴에 쏠려 이마와 뺨에 점점이 붉은 기운이 생겨났고 제비 꼬리처럼 양쪽으로 갈라진 수염이 파르르 움직였다.

"우연히 시 한 수를 얻었네. 그대 들어 주겠나?"

먼 산길 구름과 같이 가고	山長雲共去
아득한 하늘에선 달과 함께 외롭네.	天迥月同孤
적막한 성산관[11]-	寂寞星山館

9_ 정기룡(鄭起龍): 1562~1622. 선조 때 이름난 무장. 임진왜란 때 큰 공을 세워 통정대부(通政大夫)가 되었고, 정유재란 때도 영남 지방에서 군공을 세워 삼도통제사가 되었다.

10_ 기린각(麒麟閣)에 초상을 못 걸고: 공신(功臣)으로 인정받지 못했다는 뜻. '기린각'은 한(漢)나라 때 대궐에 있던 누각으로, 이곳에 위대한 공신들의 초상화를 걸었다.

11_ 성산관(星山館): 성주목의 관아.

그윽한 귀신 있나 없나.　　　　　　　幽鬼有也無

"'유' 자는 '유심(幽深)하다'의 '유' 자다."

정석유가 말했다.

"시의 뜻이 높습니다. 감히 시의 뜻을 묻습니다."

"부디 잊지 말아 주게, 부디 잊지 말아 주게! 알아주는 자가 있을 것이네."

이윽고 말했다.

"나는 가네."

그가 몇 발짝 더 가더니 다시 말했다.

"부디 잊지 말아 주게, 부디 잊지 말아 주게!"

그러고는 갑자기 사라졌다. 정석유가 몹시 이상하게 여겨 다음 날 선생안을 보니 "목사 제말(諸沫)은 계사년(1593) 정월에 도임하여 4월에 돌아갔다"고 되어 있었다.

이때 상서 정익하[12]가 영남 관찰사로 있다가 정석유가 제말을 만난 이야기를 듣고서 감영으로 불러 실상을 자세히 들었다.

정석유는 말했다.

"제말이 또 말하길 '내 무덤이 칠원[13] 아무 고을에 있는데 지금 자손이 없어 제사를 지내지 않아 황폐하게 버려져 있으니 슬프지 않은가!'라고 했습니다."

12_ 정익하(鄭益河): 1688~? 1639년에 영남 관찰사에 제수되었다.
13_ 칠원(漆原): 경상남도 함안 지역의 옛 지명.

정익하가 기이하게 여기며 말했다.

"내가 재임해 있었더라면 상소문을 올렸겠지만 이미 파직해서 고할 수가 없군. 그렇지만 무덤을 잘 수습해 혼백을 위로할 수는 있겠네."

그러고는 칠원에 명하여 묘를 잘 정비하고 주변에 나무를 심으며 묏자리를 지키는 집을 세 채 두게 하였다.

이보다 며칠 전에 칠원 사또 어사적(魚史迪)이 낮잠을 자는데 꿈에 갑자기 오사모에 조복(朝服) 차림의 어떤 사람이 와서 말하는 것이었다.

"지금 감사께서 내 무덤을 수습해 주시려는데 사또만 모르는가? 부디 나를 위해 마음을 좀 써 주시게."

잠시 후 감영에 공문이 이르렀다. '성주 목사 제말의 분묘를 정비하라'는 내용이었다. 사또도 역시 기이하게 여기며 법을 따랐다 한다.

재상 남구만의 『약천집』[14]에 이런 이야기가 있다.

내가 암행어사로 순찰하다가 성주에 갔을 때 나의 벗 윤형성(尹衡聖)과 밤에 이야기를 나누다가 선생안을 펴 보고 제말을 알게 됐다. 윤형성에게 물으니 그가 말했다.

"내 병자년(1636)에 여기로 피난을 와서 제말의 일은 아주

14_ 재상 남구만(南九萬)의 『약천집』(藥泉集): 남구만(1629~1711)은 숙종 시기 이름난 재상이다. 『약천집』은 남구만의 문집으로, '약천'은 그 호다.

잘 알고 있지. 제말은 임진년에 의병을 일으켜 왜적을 토벌했는데, 가는 곳마다 무적이었네. 적진에 임하면 용기가 늠름했고 머리털은 마치 고슴도치가 빳빳이 털을 세운 것 같아 왜적들이 그를 귀신 보듯이 했다네. 명성이 곽재우와 비슷했거나 도리어 그보다 위였지."

학산(鶴山: 신돈복의 호)은 말한다.

우리나라에 제씨 성을 가진 자가 있다는 걸 들어 보지 못했지만 중국 강소성과 절강성에는 제씨가 있다. 제씨의 선조는 아마 중국 사람이 아닐까? 태사공은 "자고로 부귀만 누리고 이름이 사라진 자들은 이루 다 기록하지 못하도록 많지만, 기개가 빼어나 비상한 자들은 일컬어졌다"고 했다.[15] 제말과 같은 사람이 이른바 '기개가 빼어나 비상한 자'가 아닐까? 그의 말이 정말이라면 제말은 충(忠)·의(義)·용(勇)·열(烈)로 당대에 으뜸가는 자였을 터인데, 이름이 사라져 전하지 않았으니 그 영혼이 응어리져 풀리지 않아 오래도록 사라지지 못한 것은 당연한 일이다. 슬프지 아니한가!

그러나 결국 빼어난 선비를 만나 한 번 이야기하자 관찰사가 그 소문을 듣고서 무덤을 수습하고 풀과 나무를 가꾸어 주었다. 그래서 세상 사람들이 점차 제 목사라는 사람이 있었다는 걸 알

15_ 태사공(太史公)은 자고로~일컬어졌다고 했다: '태사공'은 『사기』의 저자 사마천(司馬遷)이다. 인용한 대목은 사마천의 「임안에게 보내는 편지」(報任安書)에 나오는 말이다.

게 되었으니, 그때부터 원한도 풀릴 수 있었을 터이다. 『초사』[16]
에 "씩씩하여라 혼백이여, 귀신의 우두머리 되었네"라는 구절이
있는데, 아마도 제말 같은 이를 이른 것이리라.

제말(諸沫, 1552~1593)은 임진왜란 때 활약한 의병장이다. 그의
묘는 지금의 경상남도 창원시 마산합포구 진동면 다구리에 있다. 제
말 이야기는 이익(李瀷, 1579~1624)의 『성호사설』(星湖僿說)에서 '요
즘 널리 퍼진 이야기'라 하였고, 박지원의 『열하일기』에도 실린 것으
로 보아 조선 후기 내내 회자된 듯하다.

임진왜란 때 무수한 사람이 의병으로 활동하다 이름 없이 죽었
다. 정조(正祖) 때 임진왜란에서 공을 세운 이들을 현창(顯彰)하는
사업을 본격적으로 펼쳤다. 그때 비로소 아무 대가 없이 나라를 위
해 죽은 의병들이 기려졌다. 제말도 그 무렵 어명(御命)으로 표창되
고, 관련 기록을 모은 『칠원제씨쌍충록』(漆原諸氏雙忠錄)이 편찬되
었다. 돌아서며 "부디 나를 잊지 말라"고 네 번이나 간곡히 부탁한
제말 혼령의 말에 울림이 있다.

16_『초사』(楚辭): 초(楚)나라의 충신 굴원(屈原)의 시를 실은 책. 굴원은 높고 깨끗한 절개를
    지녔는데 모함을 받아 조정에서 쫓겨나 멱라수에 몸을 던져 죽었다. 굴원의 시에는 억울하
    게 쫓겨난 울분과 나라를 걱정하는 마음이 담겨 있다.

귀신들 잔치

나는 용인[1]_의 변치주 문보[2]_와 친척 간이다. 문보 말로는 연평군 이귀[3]_가 자기 증조의 외조부라고 한다. 연평군이 말년에 병이 깊어 위독했는데, 하루는 의식을 잃어 밤새도록 인사불성이었다. 자손들이 둘러앉아 몹시 걱정하는데, 닭이 울자 공이 홀연 깨어나 밤이 얼마나 깊었는지 물었다. 모시던 이가 첫닭이 울었다고 대답하자 공이 겸인[4]_을 불러 앞에 오게 하고는 말했다.

"너는 즉시 아무 동네 아무 골목에 가서 호조 서리 집을 찾아가 그 집에서 무얼 하는지 살펴봐라."

겸인은 명을 받고 떠났다. 한참 후 돌아와서 고하는 말이 다음과 같았다.

"아무 동리에 호조 서리 집이 있고 아무개가 한창 굿을 하는데 무당이 연평 대감 나리께 굿 음식을 올리고 있었습니다. 진수성찬을 차려 놓고 어지러이 노래하고 춤추면서 귀신을 즐겁게 하고 있었습니다."

"이상하다! 간밤에 내 영혼이 갑자기 솟구쳐 올라 몸에서 떨어져 나갔다. 곧장 정처 없이 큰길로 나가다 문득 광주리를 끼고 가시는 장모님을 뵈었어. 내가 인사드리고 어디 가시는지 묻자 장

1_ 용인(龍仁): 지금의 경기도 용인시 일대.
2_ 변치주(邊致周) 문보(文甫): 1684~? 조선 후기 서울 출신 문인인데 자세한 행적은 미상. '문보'는 그 자(字)다.
3_ 연평군(延平君) 이귀(李貴): 1557~1633. 인조반정의 공신.
4_ 겸인(傔人): 청지기. 양반집에서 여러 가지 잡일을 맡아 보았다.

모님께서는 '아무 동네 호조 서리 집에서 막 굿을 한다고 해 참석하러 가네. 자네 같이 갈 텐가?' 하시더군. 때마침 배가 몹시 고픈 게 느껴져 따라갔지. 호조 서리의 집에 이르니 과연 크게 굿판을 벌였더군. 무당이 휘휘 돌며 신을 맞아들이자 기괴한 모습의 귀신들이 무수히 상에 빙 둘러앉아 눈을 부릅뜨고 있었단다. 내가 상 앞에 앉자 여러 귀신들이 모두 물러섰지. 각종 음식의 기운이 콧속을 찌르니 곧 배가 두둑이 불러 허기가 가시는 걸 느꼈어. 먹고 나서 장모님과 이별하고 길을 찾아 돌아와 집에 왔다네. 내 몸이 죽은 듯이 자리 위에 있는 게 보였는데 내 몸 가까이 가니 괴이하게도 깨어난 거야. 이건 꿈이 아니야. 이상하고 이상하다!"

문보의 증조부는 이때 곁에서 이 이야기를 직접 듣고서 자손에게 말해 주었다. 문보도 그 조부께 들은 것인데, 그는 우리 조부의 이종형이다.

굿판에서 귀신들이 음식을 먹는 방식을 묘사한 대목이 인상적이다. 사대부들은 대개 굿이나 무당을 배척해 이에 대해 기록하기를 꺼렸는데, 신돈복은 귀신을 다루면서 그에 대한 관심을 숨기지 않아 이례적이다.

내가 쫓아낸 귀신

　내게도 이상한 일이 있었다.

　고향 사는 친구 하나가 있는데 시문을 썩 잘 하고 풍류가 있는 선비다. 6, 7년 전쯤 갑자기 괴상한 병을 얻어 위독해졌다고 해 내가 병문안을 갔다. 문에 이르자 그 아들이 나를 맞이해 인사하는데 뛸 듯이 기뻐하며 빨리 들어오라고 청했다. 들어가서 보니 친구가 관복을 갖춰 입고 일어나 인사하는데 행동거지가 아픈 사람 같지 않았다. 내가 말했다.

　"형의 병환이 이제 거의 다 나았나 보지요?"

　친구가 말했다.

　"형을 정말 보고 싶었는데 지금 다행히 보는구먼! 하루 머물다 가시게."

　내가 병의 원인을 물었더니 친구가 웃으며 말했다.

　"내 병이 정말로 괴이했네. 한 달 전쯤 몸살을 앓는 것처럼 아프더니만 하루는 자다 깨니 오른쪽 옆구리에서 웽웽 벌 소리가 들리지 않겠나. 소리가 처음에는 작게 나다가 점점 커지는데 가슴팍으로 올라오자 어린아이 목소리 같았고, 목구멍으로 올라오자 사나운 장부 목소리 같았다네. 귀신의 말을 해대니 내 심신이 불안하더군. 좀 있다가 내 몸이 뛰어오르는데 그칠 줄을 몰라 대들보에까지 닿지 않겠나. 온 집안이 놀라고 당황해 어찌할 바를 몰랐지. 내 내심 요사한 귀신이 붙은 줄 알고서 의지를 굳게 다지려고 꼿꼿이 앉아 있으려 했네만 뛰어오르는 게 너무 심해 극히 피곤했네. 잠들 때나 잠깐 진정이 되었지. 이렇게 몇 개월을 보냈는데 그간의 기기괴괴한 일들은 이루 다 말 못 하네.

맹인을 불러 독경을 해도, 중을 초빙해 설법을 해도 다 조금도 소용이 없었네. 이 귀신이 매번 목구멍에 이르러 내게 수작을 부리는데 사람과 비슷하더군. 내가 한번은 이놈이 뭔가를 줄곧 두려워해 왔단 걸 듣고서 시험 삼아 내 평소 알던 친구의 이름을 죽 적어 늘어놓았지. 이 귀신이 곧장 크게 소리치며 말하더군.

'이 정도로 내가 겁을 먹겠느냐?'

그런데 형의 이름을 말하는 순간 귀신이 낮은 소리로 기가 죽어 말하더군.

'너무 무서워, 너무 무서워!'

나는 곧장 높은 소리로 형 이름을 무수히 불러댔네. 귀신은 조용히 아무 소리가 없더니 다시는 말하지 않더군. 내가 끝없이 형 이름을 외어 안정을 되찾고 지금은 아픈 것도 싹 사라졌네. 그래 형이 정말 보고 싶었는데 이렇게 마주하고서 웃는군.”

나는 결국 저녁까지 그 집에 있다가 돌아왔다. 나는 보잘것 없어 별로 두려워할 만한 사람이 아닌데 귀신을 그토록 두려워하게 했다니 참으로 이상한 일이다.

신돈복이 실제 겪은 일이다. 당시 귀신을 쫓아내던 몇몇 방법을 소개하고, 이른바 '귀신 들린 사람'이 겪는 과정과 거기서 느끼는 심리적 피로감을 자세히 묘사해 놓은 부분이 재미있다. 무엇보다 벗의 이름을 불러 귀신을 쫓아낸다는 발상이 흥미롭다.

나비가 되어

　도산 이 상국¹⁻은 열 살 때쯤 외갓집에 가서 지냈다. 그 외조모 홍 씨(洪氏)는 화포공²⁻의 따님이자 인평도위 정제현³⁻의 어머니다. 삼월 초닷새는 화포공의 기일이라 홍 씨와 그 장남인 직장 정태일⁴⁻이 가서 제사에 참여했다.

　제사가 끝나고 정태일이 사랑방에서 잠을 자는데 꿈에 어떤 사헌부 관리가 붉은 도포를 입고서 말을 달려 왔다. 고함을 치고 바람을 일으키며 곧장 대청마루로 오더니 말에서 내려와 앉았는데 낯빛이 아주 엄했다. 제사 기구를 담당한 여종을 불러내더니 곤장을 매우 치면서 이렇게 말했다.

　"네 죄를 네가 알렷다!"

　죄를 다스린 후에는 다시 말에 올라 가 버렸다. 정생은 꿈에서 깼는데도 그 모습이 눈앞에 생생했다. 들어가 꿈에서 본 것을 어머니께 말했다. 어머니는 관리의 생김새를 자세히 묻더니 눈물을 흘리며 말했다.

　"그분은 내 아버지시다. 필시 그 여종이 무언가 삼가지 않았을 것이야."

1_ 도산(陶山) 이 상국(李相國): 노론의 영수 이의현(李宜顯, 1669~1745)을 가리킨다. '도산'은 그 호다. '상국'은 나라의 재상을 뜻하는데, 이의현이 우의정과 영의정을 지냈기에 이렇게 말했다.

2_ 화포공(花浦公): 홍익한(洪翼漢, 1586~1637). 병자호란 때 남한산성에서 척화론을 강경하게 주장하다가 인조가 청나라에 항복하자 그 일로 심양으로 끌려가 처형당한 삼학사 중 한 사람. 병자호란 당시 사헌부 장령(掌令)을 지내고 있었으므로 이 이야기에서 사헌부 관리의 모습으로 등장했다.

3_ 인평도위(寅平都尉) 정제현(鄭齊賢): 1642~1662. 효종(孝宗)의 부마로 숙휘공주(淑徽公主)와 혼인했다.

그러고는 즉시 종을 불러 말했다.

"어젯밤 제사에서 네가 저지른 죄가 가볍지 않은 걸 네가 알 겠지!"

여종이 말했다.

"밤중에 감히 부엌에서 해산하여 아기를 낳았습니다. 그리 고 행랑채로 나가 제사 기물을 올렸으니, 정말 용서받지 못할 죄 를 지었습니다."

홍 씨는 결국 여종을 용서해 주었고, 집안사람들은 화포공의 혼령이 두렵다며 감탄했다. 홍 씨가 집에 돌아가 자손들에게 말 해 준 것을 도산이 직접 들었다고 한다.

하루는 화포공의 현손(玄孫) 홍간(洪偘)과 이야기를 하는데 이런 말을 했다.

"세상에 전하는 말일세. 화포공은 타국에서 절의를 지키다 돌아가시어 고향에서 장사를 지내지 못하셨지. 어떤 사람 꿈에 화포공이 나와 이렇게 말씀하셨다는군.

'이제 나는 나비가 되어 우리나라 군사 깃대에 앉아 돌아갈 것이다.'"

당시 임경업이 지원군으로 청나라 군사들을 따라갔다가 얼 마 후 귀국했는데,5_ 아마 이를 가리키는 듯하다.

4_ 직장(直長) 정태일(鄭台一): 1661~1685. 정제현과 숙휘공주의 장남으로 사섬시(司贍寺) 직 장으로 있었다. '사섬시'는 조선 시대에 지폐와 면포(綿布)를 관장하던 기관이다. '직장'은 종7품의 하급 관직이다.

5_ 당시 임경업(林慶業)이~얼마 후 귀국했는데: 임경업(1594~1646)은 조선의 명장이다. 철 저한 친명배청적(親明排淸的) 입장을 고수하여 명나라에 망명해 청나라와 싸우다 생포되었 고, 그 후 인조의 요청으로 조선에 압송되어 형틀에서 죽었다. 당시, 계속되는 청나라의 원 군 요청으로 임경업은 1638년 청나라 군대를 따라갔으나, 몰래 명나라 군과 교섭하여 전투 를 피했다. 이 구절은 이 사건을 가리킨다.

내가 전기(傳記)를 보니 사람이 죽어 나비가 된 경우가 많다. 장자(莊子)가 나비가 됐다는 것도 가설이 아닐 것이다. 지금 송나라의 주밀이 지은 『계신잡지』[6]를 보니 다음과 같은 이야기가 있었다.

　양오(楊吳)라는 사람의 자(字)는 명(明)이다. 어여쁜 강 씨(江氏)에게 장가들어 세월이 흘러 아들을 낳았다. 그런데 양오는 그만 객사하고 말았다. 그 이튿날이었다. 손바닥만큼 커다란 나비한 마리가 강 씨 주변을 빙빙 돌다 해가 지자 돌아갔다. 곧이어 부고가 들려왔다. 가족들이 모여 곡을 하는데 그 나비가 다시 와 강 씨 곁에 꼭 붙어 떨어지지 않았다고 한다. 아마도 양오가 어여쁜 아내와 아이에게서 사랑을 뗄 수가 없어 나비로 변하여 돌아온 것이리라.

　또, 간의대부(諫議大夫)와 봉상(鳳翔) 지현(知縣)을 지낸 이탁(李鐸)이 죽었을 때 나비 만 마리가 빈소에서 나와 그의 집으로 날아갔다. 집에 나비가 꽉 차 발붙일 곳이 없었고, 관리들이 조문을 하는데 코앞의 사람도 알아볼 수 없었다. 팔로 휘저어 봐도 길이 열리지 않아 밟아서 뭉그러뜨리니 나비 크기가 부채만했다. 나비는 한 달이 지나고서야 흩어졌다.

　또, 양대방(楊大芳)이 사 씨(謝氏)에게 장가들었는데 사 씨가 그만 죽었다. 미처 염하기 전에 부채만큼 커다란 자줏빛 나비들이

6_ 주밀(周密)이 지은 『계신잡지』(癸辛雜識): 송나라 말기 문인 주밀이 지은 이야기책. 주밀은 송나라가 망하자 항주 계신가(癸辛街)에 숨어 살면서 당대의 잡다한 이야기를 모아 이 책을 저술했다.

나타났다. 장막에서 훨훨 날아다니더니 종일 창문에 모여 있다 사라졌다. 이 때문에 비로소 양오의 일이 거짓이 아님을 알았다.

또, 왕세정[7]이 지은 「담양대사전」(曇陽大師傳)에는 다음과 같은 이야기가 있다. 담양대사가 감실(龕室)에 들어가더니 두 마리의 노란 나비로 변했다. 나와서는 한참을 빙빙 돌다가 겨우 떠났다. 대사의 노래에 "한 쌍의 나비, 부질없이 빙빙 도는구나"라는 가사가 있는데 사람들이 모두 이 노래에 해당하는 일이라고 했다.

그러니 화포공이 꿈에 나타났다는 말은 더욱 슬프다.

화포공 홍익한은 병자호란 때 남한산성에서 척화론을 강경하게 주장한 인물인데, 청나라의 요구로 심양에 끌려가 처형당했다. 그 시신을 수습한 이가 아무도 없어 평소 쓰던 안장과 옷가지만 경기도 평택의 집에 보내졌고 집안사람들은 그걸로 장사 지냈다고 한다. 이 이야기에는 시신도 수습되지 못한 채 타국에서 죽임을 당한 홍익한이 나비로나마 고국에 돌아오길 바란 당대 사람들의 마음이 담겨 있다. 나비가 청나라와 맞서 싸웠던 명장 임경업의 깃대에 앉아 돌아온 것도 애처롭다.

7_ 왕세정(王世貞): 명나라의 대문호. 명대 후기 의고주의(擬古主義)를 주창한 '고문사파'(古文辭派)를 이끌었다.

외발 귀신

재상 이유[1]_는 점잖고 너그러운 사람이다. 옥당(玉堂: 홍문 관)에 있을 때의 일이다. 하루는 종묘 담 아래 순라골[2]_을 지나는데 가랑비 사이로 갑자기 어떤 사람이 나타났다. 삿갓을 쓰고 도롱이를 입었는데 두 눈은 활활 타는 횃불 같았고 외발로 껑충 껑충 뛰면서 왔다. 공과 따라오던 아전이 모두 괴이하게 여기는데 그 사람이 갑자기 아전에게 물었다.

"오던 길에 가마 한 대 만났소?"

아전이 보지 못했다고 대답하니, 그 사람은 바람처럼 달려가 버렸다.

공은 과연 오는 길에 제생동[3]_ 입구에서 가마 한 대를 만났다. 곧장 말 머리를 돌려 가마를 뒤쫓아 제생동 어느 집에 도착했다. 그 집은 공의 외가 팔촌 댁의 비접소[4]_인데, 그 집 며느리가 괴질(怪疾)에 걸린 지 수 개월이 되어 곧 죽을 지경이라, 그날 마침 그 집에 머물고 있었다. 공은 말에서 내려 집주인을 만나 자기가 본 것을 소상히 고하고, 함께 들어가 환자를 보기를 청했다.

방에 들어가자 그자가 과연 병든 부인의 베갯머리에 웅크리고 앉아 있었다. 공이 아무 말 없이 쳐다보자 그자는 곧장 나가

1_ 이유(李濡): 1645~1721. 노론 계열의 문신으로 뛰어난 경세가였다.
2_ 순라골: 지금의 서울시 중구 순화동 정동길 남쪽에 있던 마을 이름. 이곳에 종묘를 순찰하던 순라청(巡邏廳)이 있어 이런 이름이 붙었다.
3_ 제생동(濟生洞): 지금의 서울시 종로구 계동·가회동·원서동에 걸쳐 있던 마을 이름. 이곳에 제생원(濟生院)이 있어 이런 이름이 붙었다.
4_ 비접소(避接所): 병이 낫지 않을 때, 액운을 피하기 위해 원래 살던 집에서 떠나 옮겨 사는 요양소.

뜰 앞에 섰다. 공이 쫓아 나가 쳐다보자 그자는 또 용마루 위로 껑충 뛰어올랐다. 또 공이 눈을 들어 계속 쳐다보자 그자는 곧바로 공중으로 뛰어올라 가 버렸다.

부인이 정신을 또렷이 차렸는데 마치 앓은 적이 없는 사람 같았다. 공이 부인을 떠나자 도로 아팠으므로 공은 종이 100여 장을 잘라 손수 서명해서 방에 풀로 다 붙여 주었다. 그러자 이 요사스러운 자가 쫓겨나고, 부인의 병이 다 나았다.

『야록』(野錄)에서 본 이야기다.

성허백5_이 전생서6_ 동쪽 골짜기를 지날 때였다. 키가 한 척 정도 되는 사람이 삿갓을 쓰고 도롱이를 입었는데 두 눈은 횃불 같았고 비린내를 풍겼다. 성허백이 말을 타고 가만히 보니 그 사람이 공중으로 뛰어올라 동쪽을 향해 사라졌다.

『포박자』7_에서 본 이야기다.

산의 정령은 사람과 비슷한데 키가 9척 정도 되며, 갖옷을 입고 도롱이를 쓴다. 이름이 '금루'(金累)인데 이름을 부르면 감히 사람에게 해를 끼치지 못한다. 또 산의 정령은 어린애처럼 생겼는데 외발로 다니며 사람 범하기를 좋아한다고 한다.

그러니 그 부인이 만난 것은 산의 정령일 것이다.

5_ 성허백(成虛白): 성현(成俔, 1469~1494). 조선 초기의 문신. 조선의 인물·풍속·문화 등을 다양하게 기록한 『용재총화』(慵齋叢話)를 저술했다. '허백'은 그 호다.

6_ 전생서(典牲暑): 조선 시대에 제사에서 쓸 양·소·돼지 등을 사육하던 곳이다. 서울의 남대문 바깥에 있었다.

7_ 『포박자』(抱朴子): 동진(東晉) 때 갈홍(葛洪, 283~343)이 지은 책. 신선, 방약, 귀신에 대한 이야기가 많다.

74

산의 정령이 도성 한가운데서 외발로 펄쩍펄쩍 뛰어다니며 사
람을 해친다. 의료 기관인 제생원에서 고치지 못한 여인의 깊은 병
을 어진 인품을 가진 이가 귀신을 쫓음으로써 고쳐 내는 상황이 아
이러니하다. 당시로서는 치료가 불가능했던 병들을 귀신의 장난으
로 여겼던 민간의 상상력이 드러난다.

돌아가신 아버지의 부탁

충주 목계[1]의 한 선비가 배를 타고 서울로 가는데 신생(申生)이라는 사람과 한 배에 탔다. 한창 젊은 나이에 며칠간 이야기를 함께 나누다보니 몹시 친해졌다. 신생이 다음 이야기를 해 주었다.

신생은 경기도 광주(廣州)에 살았다. 소싯적에 절에 들어가 지냈는데, 병이 들어 판도방[2]에 몸져누우니 형제들이 와서 머리맡을 지켰다. 어느 날 병이 갑자기 악화되면서 정신을 잃자 그의 혼은 홀연 몸을 벗어나 천장 위에 걸렸다. 방문이 닫혀 있어 못 나가다가 방문이 열리자 마침내 날아가 집 앞 누대의 대들보 위에 머물렀다.

그러다 무료하여 문득 부친을 찾아뵙고 싶어졌다. 당시 그의 부모는 이미 다 돌아가셨는데, 산소가 집에서 5, 6리 떨어진 곳에 있었다. 마침내 큰길을 따라 본가로 가 사랑채 마루 위로 올라가니 그의 부친이 그를 보고 깜짝 놀라 물었다.

"네가 뭐 하러 여기 왔느냐? 너는 아직 안 죽었는데, 그걸 몰랐느냐? 기왕 왔으니 하루만 머물러라. 들어가 어머니를 뵈려무

1_ 충주 목계(木溪): 지금의 충청북도 충주시 엄정면 인근에 있던 나루. 남한강 수운의 중심지였다.

2_ 판도방(判道房): 사찰에 있는 큰 방. 큰스님이 거처하는 방 또는 승려들이 여럿 모여 함께 쓰는 방이다.

나."

신생이 안채로 들어가자 어머니가 완연히 예전과 같은 모습으로 앉아 있다가 또 놀라며 물었다.

"네가 아직 안 죽었는데 여기 뭐 하러 왔니?"

그러면서 한편으로 계집종에게 밥상을 차려 오라고 명했다. 그 노복들도 다 이미 죽은 자들이었다. 차려 온 음식도 집에서 늘 먹던 것이었다.

식사를 마치자 그의 부친이 말했다.

"네 할아버지가 아주 가까운 곳에 계시니 가서 인사를 드리는 게 좋겠다."

신생은 아버지와 함께 조부에게 갔다. 비탈진 산길에 바위가 울퉁불퉁했는데 작은 고개를 둘 넘으니 어떤 집에 다다랐다. 조부가 대문 밖에 서 있다가 신생의 아버지에게 말했다.

"네가 데리고 온 자가 누구냐?"

"아들 아무개입니다."

"그러냐?"

그러고는 신생의 손을 잡고 안채로 들어가니, 신생의 조모도 거기 있었다. 그곳에도 노복들이 있어서 음식을 차려 주었다. 조부가 말했다.

"이 아이 생김새가 나를 꽤 닮았구나."

몹시 흐뭇해하며 사랑스러워하다가 다시 말했다.

"너는 아직 안 죽었으니 빨리 이곳을 나가거라."

신생은 늦게 태어났으므로 조부를 본 적이 없는데, 그곳에 이르러서야 만난 것이다.

신생의 아버지가 다시 그를 데리고 집으로 돌아가 머물러 자게 하는데, 밤에도 등불을 켜지 않았다. 아버지는 그와 나란히 누워 이렇게 물었다.

"네가 나의 묘를 옮기려 하지?"

"예."

"절대 옮기지 말거라. 귀신의 세계에서는 무덤을 움직이거나 옮기는 걸 몹시 꺼린단다. 게다가 이곳은 아주 좋아. 그리고 조상님들 혼도 모두 이곳에 계시니 그분들 모시기가 아주 편안한데, 무엇 때문에 옮긴단 말이냐?

또 너는 석물[3]을 세우려 하던데 절대 큰 걸 세우지 말거라. 세월이 오래 흐르면 석인(石人)들에게 요망한 도깨비들이 씌는 일이 허다하단다. 석인의 크기에 따라 큰 석물에는 큰 도깨비가 씌고 작은 석물에는 작은 도깨비가 씌지. 큰 것은 센 귀신이 되는데, 사철 제사를 지낼 때 이 귀신들이 음식을 빼앗아 가서 남는 게 없단다. 무덤 안 영혼이 먹을 게 없어 결국 아귀가 되어 버리니, 귀신은 큰 석물을 몹시 싫어하지. 그저 용 열 마리를 새긴 망

3_ 석물(石物): 무덤 앞에 세우는 돌로 된 물건.

주석이나 세워 주렴.

또 사람의 혼백은 오랜 뒤에 사라지기도, 금방 사라지기도 한다. 예를 들어 사당의 귀신은 암만 오래 가도 삼사백 년을 넘길 수가 없지. 그런데 무덤의 혼백은 천여 년도 거뜬히 남아 있을 수가 있으니, 만약 정성을 다해 제사를 모신다면 모두 흠향할 것이야. 그런데 석물에 씐 억센 귀신이 제물을 빼앗아 먹으면 영원히 아귀가 되고 말 테니 참으로 슬프지 않으냐? 이런 까닭에 금평위4— 집안에서도 석인을 치워 버리고 그저 망주석만 세웠지. 그게 옳은 법도야."

그밖에 다른 말도 많이 했다.

날이 밝기 전에 아버지는 신생을 이끌고 한 높은 언덕에 올라갔는데 그 아래로 깊은 연못이 있었다. 아버지가 갑자기 신생을 밀었다. 신생은 추락하다가 어딘가에 걸렸는데 바로 절집의 대들보 위였다. 당황하던 중에 갑자기 판도방의 문이 열리니, 신생은 대들보 위에서 집 안으로 날아 들어가 천장 위에 올라앉았다. 내려다보니 식구들이 둘러앉아 울고 있었다. 자신의 몸은 이불로 덮여 있는데 이불깃이 약간 열려 있었다. 그래서 곧장 천장에서 이불 속으로 뛰어 들어갔다.

마침내 기운이 되살아나 코와 입으로 속속들이 숨이 토해지고, 손발도 움직이기 시작했다. 집안사람들이 깜짝 놀라 기뻐하

4_ 금평위(錦平尉): 효종의 부마 박필성(朴弼成, 1652~1747)을 말한다.

며 급히 이불을 걷고 몸을 주무르고 따뜻한 물을 먹이며 잇달아 미음을 먹여 주었다. 한낮 즈음엔 말도 할 수 있게 됐고, 한참 후 병이 나았다.

그 뒤 신생은 서울로 올라가 금평위를 알현했다. 신생은 금평위와 직접 본 적 없는 친척간인데, 만나 뵙고 예전 일을 이야기하자 각별히 친절하게 대해 주었다. 신생은 그 집에 머물러 자게 해 달라고 부탁했다. 그날 밤, 다른 사람이 없을 때 이렇게 말을 꺼냈다.

"한 가지 아뢸 일이 있습니다. 댁네 무덤에 석인이 큽니까, 작습니까?"

"왜 그런 걸 묻나?"

신생은 마침내 죽을 뻔했던 일을 하나하나 자세히 말했다. 그러다가 그의 부친이 금평위 집안에서 석인을 치워 버렸다고 말한 대목에 이르자 금평위는 깜짝 놀라 탄식하며 말했다.

"기이하고 기이하다! 허무맹랑하다 할까봐 내 일찍이 이 일을 집안의 자손들에게도 말한 적이 없거늘 자네가 이 이야기를 하다니, 귀신은 참으로 속일 수가 없나보구나. 내 일찍이 한식(寒食) 제사를 지낼 때 노환으로 성묘를 가지 못했다. 그날 꿈에 선친께서 내게 말씀하셨지.

'내 무덤 앞의 석인이 너무 커서 귀신이 씌었다. 그 귀신이 너

무 사나워 매번 제사 때마다 제물을 다 먹어 치우니 내가 먹을
게 없구나. 너는 이 큰 석인을 제거해라. 그래서 내 혼백을 편안
히 해 주고 제사 음식 좀 먹게 해 다오.'

꿈에서 깬 나는 그 말씀을 마음속에 깊이 새겨 두었지. 추석
때 성묘를 가서 큰 석인을 보니 몹시 밉더군. 결국 그 석인을 쓰
러뜨려 부숴 버렸네. 그리고 유난히 작은 석물을 만들어 세웠지.
그러나 그 꿈 이야기는 입 밖에도 내지 않았는데 지금 자네 말을
들어 보니 딱 들어맞네. 어찌 기이한 일이 아니겠나!"

그러더니 한참 동안 탄식하며 괴로워했다. 신생은 처음에 이
장을 하려 했으나 이 일로 인해 그만두고, 석물도 세우지 않았다.

이겹(李袷)의 형인 상사5_ 이첨(李襜)이 이 이야기를 해 주었다.

[그림]

석물에 대한 조선 시대 민간의 상상력을 보여 준다. 석물은 묘
소 앞에 둔 석조물인데 등불, 동물, 사람 등 다양한 형태가 있다. 오
래된 석물은 왠지 을씨년스러운데 도깨비가 씐다니 더욱 공포스럽
다. 이 이야기에서 눈길이 가는 대목은 영혼이 외출하여 세상을 떠
난 부모를 만나는 장면이다. 부모가 사는 저승은 특별한 장소가 아

5_ 상사(上舍): 소과에 합격한 사람을 이르는 말.

니고, 과거에 함께 살던 집안 모습 그대로다. 자식을 보자마자 밥부터 챙기는 부모 귀신의 모습이 따뜻한 한편 슬프다.

귀신과의 문답

최신의 『화양문견록』[1]에 다음 이야기가 있다.

하루는 귀신 이야기가 나오자 우암 선생께서 말씀하셨다.

"귀신은 있다. 선조 때 허우(許雨)라는 사람이 있었는데 그의 집에 귀신이 둘 있었다. 얼굴이나 모습은 볼 수 없었지만 인간의 말을 할 줄 알아 사람과 말을 주거니 받거니 했지. 노비가 물건을 훔치면 꼭 알려줬고, 야밤에 남녀가 정을 통하면 박수 치며 크게 웃어대니, 집안사람들이 골치가 아파 귀신을 쫓아내려고 했어. 그래서 주사[2]로 부적을 써 동쪽 벽에 붙였더니 서쪽에서 귀신 소리가 들리고, 서쪽 벽에 붙였더니 남쪽에서 들리고, 남쪽 벽에 붙였더니 북쪽에서 들리고, 북쪽 벽에 붙이니 기둥에서 들리고, 기둥에 붙였더니 땅에서 들렸다. 그 소리를 쫓아가 또 부적을 붙였더니 다시 공중에서 소리가 났다더군.

'네가 어디 한번 공중에 부적을 붙여 볼 테냐?'

그래서 도저히 쫓아낼 계책이 없음을 알았지. 하루는 허우가 귀신에게 물었다더구나.

'세간에 사람들이 귀신에게 굿을 하고 북을 치며 제사 지내

1_ 최신(崔愼)의 『화양문견록』(華陽聞見錄): 최신(1642~1708)은 우암(尤庵) 송시열(宋時烈, 1607~1689)의 제자다. 송시열이 충청북도 괴산군 화양동 일대에 우거할 적에 그 어록과 행적을 기록하고, 제목을 『화양문견록』이라고 붙였다.

2_ 주사(朱砂): 광물의 일종. 붉은색을 띠며 귀신을 쫓는 부적에 쓰였다.

는데 귀신이 정말 복을 가져다줄 수 있습니까?'

귀신이 이렇게 대답했다.

'귀신도 사람하고 똑같아서 음식을 베푼 집에 모여든다. 갈 때마다 제사를 지내면 기뻐하고, 한 번이라도 음식을 차리지 않으면 노하여 해악을 부른다. 그러니 애초에 안 먹여서 기뻐할 일도 노할 일도 없게 하는 게 낫지.'

또 물었다.

'귀신도 죽습니까?'

'죽지. 박쥐를 삶아서 그 물에 밥을 말아 먹이면 죽지.'

허우의 집안사람들은 그 말을 따라 밥을 해서 천장 위에 두었다. 잠시 후 귀신 하나가 곡을 하며 말했다.

'내 친구가 천장 위에 놓인 박쥐 물 만 밥을 먹고 죽었구나. 내 여기 머물 수 없으니 이제 다른 곳에 가야겠다.'

그 후 정말로 귀신의 말을 들을 수 없었고, 귀신의 괴롭힘도 없었다. 이는 모두 그 집안에 음기가 가득하고 양기가 적다는 걸 귀신이 알아서 생긴 일이다."

또 이런 말도 있다.

"옛사람의 말씀에 '사람이 귀신을 무서워하지만 귀신도 사람을 무서워한다. 이것은 사람이 호랑이를 무서워하지만 호랑이도 사람을 무서워하는 것과 같다.'"

오늘날 박쥐는 불길하고 음습한 이미지를 갖고 있지만, 본디 동양 문화에서는 길하고 상서로운 동물로 여겨졌다. 그래서 잡귀를 쫓는 데도 박쥐 삶은 물이 쓰였다.

이 글은 우암 송시열의 제자 최신의『화양문견록』에서 발췌했다. 송시열은 주자의 귀신론에 관심이 깊었는데, 신돈복은 귀신을 다룰 때 종종 송시열의 말을 근거로 든다.

아버지의 혼령

승지 안규(安圭)는 청나라 칙사(勅使)가 왔을 때 연위사(延慰使)의 임무를 지고 봉산[1]에 갔다가 병에 걸려 죽었다. 그의 아들 안중필(安重弼)도 연위사가 되어 부친이 세상을 떠난 곳에 가게 되었는데, 차마 아버지가 돌아가신 땅을 밟을 수가 없다고 상소를 올렸다. 그래서 상서 이병상[2]이 대신 가게 되었다.

이병상이 봉산골 객사에 도착했을 때는 저녁이었다. 자리에 들어 눈을 감았는데 잠이 오지 않았다. 갑자기 문 바깥에서 신발을 질질 끄는 소리가 들려왔다. 잠시 후 털모자에 다 해진 옷을 입은 벼슬아치가 문을 열고 가만히 쳐다봤다.

"여기가 아니야."

그러고는 문을 닫고 가 버렸다. 이병상은 괴이하여 곧장 관리와 순라꾼을 불러 그가 본 것에 대해 물었다. 모두 이렇게 말했다.

"이곳은 어두워지거나 궂은비가 내리는 때면 승지 영감의 영혼이 항상 털모자에 해진 옷을 입고 출몰합니다."

아마 안규가 처음에 아들이 온다는 말을 듣고서 그를 보려고 했는데, 갑자기 이병상을 보고서 놀라서 간 듯하다. 그 귀신

1_ 봉산(鳳山): 황해도에 있는 고을. 한양과 의주를 잇는 교통의 요충지였으며, 중국 사신들이 서울로 올 때 이곳을 거쳤다.

2_ 상서(尙書) 이병상(李秉常): 1676~1748. 조선 후기 노론계 문인으로 대제학·병조판서를 지냈다. 『계서야담』(溪西野談)의 작가 이희평(李羲平)의 숙부인데, 성격이 활달하여 『계서야담』에는 그에 대한 재미난 일화가 많이 전한다. 이 이야기는 『계서야담』에 실려 있다.

은 관사에 남아 저승으로 돌아가지 못한 것이다.

감사 조명겸(趙明謙)이 직접 이병상에게 이 이야기를 전해 들었다.

연위사는 외국에서 사신이 왔을 때 그들을 접대하는 사신이다. 연위사로 차출된 후 죽어 객사를 떠나지 못하는 혼령이, 남루한 차림으로 아들의 얼굴을 한번 보고자 출현한 것이다. 이병상의 얼굴을 가만히 쳐다보다가 아들이 아님을 깨닫고 떠나가는 귀신의 모습이 안쓰럽기도 하고 다소 어리숙해 보이기도 한다.

봉산의 무관

봉산의 무관

인조 때 황해도 봉산에 이씨 성을 가진 무관이 있었다. 재물이 넉넉하고 성격이 몹시 활달하여 베풀기를 좋아하고 남을 잘 믿어 의심하지 않았다. 그래서 급한 상황에 처한 이가 있으면 아낌없이 가진 돈을 털어 주니, 집안 살림이 거덜 나 더는 버틸 수가 없었다. 그래도 풍채가 늠름하고 당당해 보는 사람마다 그가 훗날 출세하리라 기대했다. 벼슬을 하여 선전관[1]이 되었지만 어떤 일에 연루되어 실직하고 고향에서 몇 년째 지내는데 병조(兵曹)에서 한참 동안 추천해 주는 이가 없었다.

하루는 아내에게 말했다.

"시골 사는 무관에게 관직이 저절로 들어올 리 없는데 집이 이렇게 가난하니 하루아침에 굶어 죽을까 항상 걱정이오. 남은 전답을 다 팔면 사백 냥은 얻을 테니 그걸로 서울에서 관직을 구할 수 있을 거요. 잘 풀리면 사람 노릇 하겠고 잘 안 풀리면 귀신이 될 텐데 내 여기서 결판을 지어 볼까 하오."

아내가 허락하여 마침내 토지를 다 팔자 과연 400냥이 되었다. 100냥은 아내에게 남겨 주어 생계를 꾸리게 하고, 300냥을 갖고 서울로 올라갔다. 건장한 하인들을 이끌고 준마를 탄 모습

1_ 선전관(宣傳官): 조선 시대 무관직으로, 임금의 호위나 전령을 담당하는 등 임금을 가까이서 모셨다.

이 제법 사람들의 이목을 끌었다.

벽제점[2]에 도착해 하룻밤 묵었다. 하인들이 말을 먹이고 있는데, 패랭이 모자에 산뜻한 옷을 입은 사내 하나가 흘긋흘긋 엿보더니 이윽고 안으로 들어왔다. 하인들과 대화를 하는데 퍽 정성스런 태도였다. 하인들은 그가 마음에 들어 어디서 왔는지 물었다. 그러자 이렇게 대답했다.

"병조판서 댁 하인이라오."

무관이 먼발치에서 그 말을 듣고 급히 불러들여 물으니 좀 전과 똑같이 대답했다. 그는 기뻐 말했다.

"내 마침 벼슬을 구하러 상경하는 길이네. 병조판서를 뵙고 싶은데, 네가 정말 병조판서께서 신임하는 하인이면 중간에서 나를 좀 주선해 줄 수 있을까? 그런데 너는 여기에 무얼 하러 왔지?"

"소인은 병판 댁의 우두머리 하인입니다. 주인댁 노비들이 황해도에 많아 이제 명을 받들어 공선[3]을 거두러 가는 길입죠. 오늘 출발하던 참이었습니다."

무관은 안타까워하며 말했다.

"너를 만나는 게 쉬운 일이 아닌데, 만나고도 이렇게 엇갈리다니! 좋은 방법이 없을까?"

"어렵지 않습니다. 함께 서울에 가시지요. 소인이 명을 받고 출발 인사를 드린 지 며칠 되었지만 길일을 택해 가느라고 이제

2_ 벽제점(碧蹄店): 경기도 고양시 벽제에 있던 객사.
3_ 공선(貢膳): 왕실에 바치는 물건.

야 나왔습니다. 주인댁에서는 아마 모르실 테니, 지금 도로 가서 나리를 주선해 드린 뒤에 출발해도 늦지 않습니다. 다만 여행 중에 지니신 돈이 얼마인지요?"

"삼백 냥이다."

"근근이 쓸 수 있겠네요."

마침내 그는 무관을 데리고 서울로 돌아가 병조판서 댁 가까이에 있는 여관을 잡아 주었다. 여관 주인에게 무관을 잘 모시기를 부탁하는데 말투에 위엄이 있고 주인이 깍듯이 대했다. 무관은 평소 둘이 서로 잘 아는 사이구나 싶어 더욱 그를 신뢰했다.

그런데 사내는 집에 돌아가서 며칠을 돌아오지 않았다. 무관이 속은 것인가 하여 괴로워하던 중 그가 찾아왔다. 무관은 마치한나라 고조가 소하를 잃었다가 다시 찾은 것처럼[4] 기뻐하며 그간 못 왔던 이유를 물었다. 그러자 이렇게 대답했다.

"나리의 벼슬자리가 어디 갑자기 마련되겠습니까? 지름길이 하나 있기는 한데, 요긴한 자리라 백 금은 쓰셔야 할 겁니다."

무관이 급히 그 방법을 물으니 그가 대답했다.

"대감께는 아무 동네에 사는 과부 누님이 한 분 계시지요. 대감이 누님을 생각하는 마음이 지극해 누님 말씀이라면 뭐든지 다 듣습니다. 소인이 나리의 일을 대감 누님 댁에 말씀드렸더니 백 냥만 있으면 즉시 좋은 벼슬에 세워 주신다는군요. 나리께서

4_ 한나라 고조(高祖)가 ~ 찾은 것처럼: 소하(蕭何)는 한나라 고조의 신하로 재능이 빼어난 인물이다. 고조에게는 한신(漢信)이라는 신하가 있었는데, 그는 고조가 자신을 인정해 주지 않자 다른 곳으로 떠나갔다. 그러자 고조는 소하를 보내 한신을 찾아오게 했는데, 소하 역시 돌아오지 않았다. 고조는 소하마저 자신을 떠난 줄 알고 몹시 낙담했으나 얼마 후 소하가 한신을 찾아 돌아왔다. 이에 몹시 기뻐했다.

는 돈을 아끼지 않으시겠지요?"

"이 돈은 오로지 이 일을 위해 쓸 것인데 무얼 더 묻느냐?"

무관은 당장 주머니에서 돈을 계산해 그에게 주었다. 그러자 하인들이 의심하여 이렇게 말했다.

"나리께서 직접 보지도 않으시고 그냥 저 사람에게 돈을 맡기시는데, 사기가 아닌 줄 어떻게 압니까?"

"저이가 병판 댁 하인인 건 자명하다. 사람을 그렇게 불신해서야 되겠느냐?"

이튿날 사내가 와서 말했다.

"누님께서 돈을 받으시고 몹시 기뻐 즉시 대감께 말을 넣어 산정5_ 때 적당한 자리가 있으면 나리를 꼭 제일 먼저 추천해 달라고 간청하셨습니다. 대감도 승낙하시기는 했지만 그래도 영향력 있는 사람이 옆에서 도와주어야 일이 확실히 매듭지어지겠지요. 아무 동네에 아무 관리가 평소 대감과 교분이 두텁습니다. 이분이 말을 하면 대감은 반드시 따르시니 오십 냥을 더 내어 드리면 반드시 좋아하시며 큰 힘이 되어 줄 것입니다."

무관이 그럴싸하다 싶어 그렇게 추진하게 하니, 그 사내가 기쁜 얼굴로 돌아와 말했다.

"과연 좋게 생각하시던 걸요."

그래서 무관은 또 50냥을 내어 주었다.

5_ 산정(散政): 비정기적으로 인사를 발령하던 제도.

사내가 또 와서 말했다.

"대감께 소실이 하나 있는데 경국지색이라 대단히 아끼시지요. 아들을 하나 낳았는데 참 기특하게 생겼더만요. 곧 돌이라 성대한 잔치를 하고 싶은데 따로 돈이 없어 소실이 몹시 근심이랍니다. 또 오십 냥을 주신다면 얼마나 감동하겠습니까? 총애하는 첩의 간청이 또 얼마나 잘 먹히겠습니까?"

무관은 또 그 말이 옳다고 여겨 즉시 50냥을 꺼내 주었다. 사내는 돈을 받아 들고 나가더니 금방 돌아와 말했다.

"소실이 과연 정말 좋아하더군요. 힘을 다해 나리를 주선하겠다는데요. 좋은 벼슬자리가 아침 아니면 저녁에 나겠으니, 앉아서 기다리기만 하십쇼. 헌데 무관이 관직을 받들 때 관복이 없어서는 안 되겠는데요. 오십 냥을 더 내어 마련하시는 게 좋겠습니다."

"정말 그래야겠구나."

그래서 무관은 또 돈을 꺼내 그 사내에게 주어 새 옷을 짓게 하였다. 오래지 않아 털벙거지, 비단옷, 넓은 허리띠, 가죽 신발, 황금 대구[6]가 한꺼번에 왔는데 모두 빛나고 화려한 것들이었다. 무관은 너무 좋아서 마치 제갈량을 얻은 듯 느껴졌다. 처음에 그 사내를 의심하던 하인들도 다들 몹시 기뻐하며 주인이 높은 벼슬에 오르리라고 한껏 기대했다.

6_ 대구(帶鉤): 허리띠의 두 끝을 서로 걸어 고정하는 쇠붙이.

무관은 관복을 갖춰 입고 곧장 명함을 갖고 병조판서 댁에
찾아가 인사를 올렸다. 자신의 신상을 밝히고 지금 처한 상황을
슬프고 간절히 설명하는데 병조판서는 고개만 끄덕일 뿐이었다.
딱히 바쁜 것도 아닌데 끝내 한마디 말도 건네지 않았다. 무관은
병조판서에게 이런 일이 잦아서 그러려니 하고 대수롭지 않게 넘
겼다. 그런데 그 후에 왕래하면서도 동료 무관들과 함께 문안을
드리는 처지를 면하지 못했다. 병조판서에게서는 따뜻한 말 한마
디 듣지 못했다.

　　정목7이 날 적마다 열심히 구해다 읽어 봤지만 명단에는 그
의 이름자 비슷한 것도 보이지 않았다. 무관은 마음이 초조해져
사내의 마음을 잡기 위해 애썼다. 그가 오면 돈으로 기름진 고기
며 많은 술을 사서 배불리 먹고 마시게 하니, 남은 돈 50냥도 거
의 바닥이 났다.

　　무관은 근심하며 물었다.

　　"네가 말했던 게 한참 전인데 어째서 아무 소식이 없느냐?"

　　"대감께서 나리를 잊으실 리 있겠습니까마는 나리보다 많이
드린 사람들과 더 긴밀히 지내셔서 거기에 관직을 주시니 어떻게
참견할 수 있겠습니까? 그래도 그 사람들은 원하는 걸 얻은 지
오랩니다. 듣자니 다음번 산정 때 대감께서 나리를 아무 자리에
추천하신다는데, 이게 참 좋은 자리랍니다. 우선 기다려 보시지

7_ 정목(政目): 관리의 임명과 해임을 기록한 문서.

요."

정목이 났는데 무관의 이름은 또 없었다. 사내가 찾아와 말했다.

"이번 자리는 누님께서 대감께 간곡히 청해서 꼭 될 줄 알았는데, 갑자기 조정 대신이 아무개를 청탁하는 바람에 거절하지 못해 뺏기고 말았습니다. 어쩌겠습니까? 그래도 6월 도목정사[8]가 머지않았습니다. 아무 부서 자리는 돈이 넉넉히 들어오는 곳이라서 소인이 벌써 누님이며 아무 관리며 소실댁께 귀띔해 두었습니다. 이분들이 다 함께 청하니까 대감께서 흔쾌히 승낙하셨다니 결코 놓치지 않으실 겁니다. 조금만 기다리십시오."

무관은 반신반의하면서도 감히 융숭히 대접하지 않을 수 없었다. 그러나 재물은 벌써 다 써 버린 상태였다.

도목정사가 있는 날, 주인과 하인이 모두 일찍부터 일어나 눈이 빠지게 소식을 기다렸다. 해가 높이 떠 오후가 되고, 오후가 지나 저녁이 되고, 해가 저물었다. 이조와 병조의 인사 발령이 다 끝났는데 무관의 성명은 도무지 들리지 않았고 사내는 끝내 그림자도 비추지 않았다. 무관은 너무 참담하여 맥이 빠졌다. 하인들이 따지고 한탄하는 소리가 귀를 찔렀으나, 무관은 상전인데도 쥐죽은 듯 가만히 그저 사내가 돌아오기만 기다렸다. 그런데 예전에는 매일 왔던 사람이 이번에는 사흘이 지나도록 오지 않았다.

8_ 도목정사(都目政事): 1년에 2회 정기적으로 인사를 발령하던 제도. 근무 실적을 평가해 처결을 내렸다.

무관은 그제야 의심이 들어 여관 주인을 불러 물었다.

"병판 댁 우두머리 하인이 요즘 갑자기 안 오는 이유가 무엇이지? 네가 그자와 정답게 잘 지냈으니 불러 보지 않겠느냐?"

"저는 본디 모르는 사람입니다. 그가 병판 댁 하인이란 건 나리께서 잘 아시던 걸요. 쉰네는 몰랐는데, 저 스스로 병판 댁 하인이라 하고 나리도 그렇게 부르시니 그래서 병판 댁 하인이라고 믿었더랍니다. 실상은 제가 어떻게 압니까?"

"네가 예전부터 친했으니 그 집이 어딘 줄 알겠지?"

"모릅니다. 나리께서 예전부터 친하게 지내시는 것 같았는데 그 집을 어찌 모르십니까?"

"생각도 못 해 봤네."

이날 이후 그 사내는 발걸음을 아예 끊어 버리고 오지 않았다. 무관은 마음속으로 이렇게 생각했다.

'가산을 모두 털어 웬 도적놈에게 쏟아부었구나. 덤벙대는 성격 하나 때문에 누대 종사와 허다한 식솔들이 장차 구렁에서 말라 죽어 갈 테지. 친척이며 이웃이며 처자식이며 노비들이 원망하며 책임을 물으면 대체 어떤 말로 변명을 한단 말이냐!'

한편으로는 이런 생각도 들었다.

'나의 평소 뻣뻣한 성격으로 거지가 되어 구차하게 살 수 있을까?'

백방으로 생각해 봐도 오직 죽는 수밖에는 없으니, 결국 죽기로 결심했다.

이튿날 아침 일찍 일어나 한강으로 달려갔다. 의관을 벗어 던지고 크게 몇 마디 소리를 지르며 물속에 뛰어들었는데 배와 등이 물에 잠기자 벌써 몸이 덜덜 떨리는 걸 참을 수가 없어 저도 모르게 몸을 움츠리고 물러났다. 그러고는 우두커니 서서 조용히 생각했다.

'자살하는 건 참 어렵구나. 남한테 맞아 죽는 게 낫겠다.'

결국 물에서 나와 멍하니 돌아왔다.

이튿날 아침, 술을 퍼마시고 잔뜩 취해서는 비단옷에 검은 가죽신에 금으로 띠쇠를 장식한 넓은 허리띠 차림을 하고 8척의 큰 키로 성큼성큼 걸어 곧장 종로로 가니, 그를 보는 사람마다 깜짝 놀라 신선을 본 듯 여겼다. 그는 사람들 중에 덩치가 크고 사나워 힘이 세 보이는 자를 골라 그 앞으로 곧장 나아가 붙잡고는 다리를 날려 차 확 넘어뜨렸다. 그 사람은 외마디 소리를 지르며 넘어지더니 황급히 일어나 질주해 도망갔다. 추격했으나 잡을 수가 없었다.

무관은 분통이 터지고 억울했다. 다시 주위를 둘러보니 자기를 이길 만한 사람이 하나 있었다. 달려가 가만히 서서 마치 미친 사람처럼 그를 노려보았다. 그런데 눈이 마주치는 사람이 죄다 소리를 지르며 달아나 버리니 길거리가 텅 비어 한 사람도 없게 되었다. 무관은 남에게 맞아 죽고 싶었지만 남들은 그에게 맞아 죽을까 두려워했으니, 죽을 수 있었겠는가?

날이 벌써 저물었다. 무관은 몹시 슬퍼하며 돌아왔다. 밤에 자리에 누워도 잠이 오지 않고 죽고 싶은 생각밖에 다른 생각이 들지 않았다. 또 이런 생각을 했다.

'남의 집에 들어가서 그 사람의 아내나 첩을 희롱해야지. 그러면 반드시 맞아 죽을 거야.'

이튿날 아침 또 술을 마시고 옷을 입고 큰길을 돌아다니다가 새로 지은 산뜻한 집을 하나 봤다. 곧장 거기로 들어가 중문(中門)에 이르렀는데 저지하는 사람이 아무도 없어 마침내 안채까지 돌진했다. 거기에는 젊은 여자 하나만 있었는데, 나이는 스무 살 남짓 되었고 꽃 같은 얼굴에 달 같은 자태로 구름 같은 머리를 곱게 빗고 있었다. 그를 보고는 조금도 놀란 기색 없이 질문을 던졌다.

"뉘시기에 안채까지 들어오시나요? 미쳤어요?"

무관은 대답하지 않고 곧바로 마루에 올라 손을 붙잡고 머리를 감싸며 입을 맞췄다. 여자는 크게 저항하지 않았고 근처엔 뭐라고 꾸짖는 사람 하나 없었다. 무관은 너무 괴이해 물었다.

"당신 남편은 어딨소?"

"남편은 왜 묻죠? 세상에 이런 일도 있나? 술 취한 미친 사람한테 따질 것도 없겠지만 형조에 알리기 전에 멀리 떠나시죠."

"당신 남편 있는 데만 좀 알려 주시오. 나는 그냥 취한 게 아니란 말이오. 사정이 있어 부득이 이런 짓을 한 거요."

"사정이란 게 뭔데요? 알려 주세요."

"나는 옛날에 원래 선전관이었소. 도적에게 속아서 가산을 탕진하고 죽기를 결심했는데 자살은 못 하겠고 남에게 맞아 죽기를 바라고 있단 말이오. 그래서 여러 번 그러려 했는데 아무도 나를 때리지 않았소. 지금 당신 남편도 없다 하니 죽는 건 정말 어려운 일이구려. 어떻게 하란 말인지!"

그러고는 한참 동안 혀를 찼다. 여자는 하하 웃으며 말했다.

"정말 미쳤군요! 이렇게 죽고 싶어 하는 사람이 세상에 어디 있담? 공께서 정말 무관 청직을 지낸 분이라면 이런 멋진 풍채로 아깝게 왜 죽어요? 저 역시 부득이한 사정이 있어 다른 일을 도모해 볼까 하던 참에 마침 갑자기 공을 여기서 만났으니, 하늘의 뜻이 아니겠어요?"

무관이 사정을 묻자 여자는 말했다.

"제 남편은 원래 역관이랍니다. 집에 본처가 있는데 제 미모를 어디서 듣고는 둘째 부인으로 들인 지 벌써 사 년째죠. 처음엔 한집에서 같이 살았어요. 그런데 본처가 사납고 질투가 심한

데 남편은 노쇠해지니 그 강짜를 감당하지 못해 이 집을 사 저를 이사시켰지요. 처음에는 왕래하며 먹고 자곤 했는데, 저를 사랑하지 않는 건 아니지만 본처의 질투가 무서워 며칠 뒤부터 발걸음을 거의 안 하더라고요. 여자 시종 몇만 두고 여기를 지키게 하니 과부집이랑 뭐가 다르겠어요. 더구나 작년에 남편은 우두머리 역관으로 뽑혀 북경 사행에 따라갔는데, 마침 일이 생겨 북경에 체류하게 됐어요. 이제 1년이 되도록 돌아오지 않는데 소식이 묘연해 귀국할 날을 알 수가 없지요.

독수공방하면서 내 그림자만 벗하며 외로이 살고 있자니 비록 먹고 살 걱정은 없지만 살 마음이 나지가 않아 봄바람 가을 달에도 처량하여 슬퍼만 했더랬죠. 더구나 이젠 감시하는 종들도 다 떠나가고 늙은 여종 하나만 동무가 돼 주는데, 들락날락하면서 집에 있지를 않아요. 제 가슴 아픈 사연은 이렇답니다. 인생이 몇 년이나 된다고 제 일에 상관도 안 하는 늙은 남편을 섬기고, 사나운 여자의 질투를 혹독히 받아 하짓날과 동짓날 밤 빈방에서 혼자 울며 지낸단 말이에요? 이런 제 사연과 도적에게 사기당해 죽으려 해도 못 죽는 당신 사연에 무슨 차이가 있어요?

저는 천한 신분으로 양반네들처럼 그저 말라 죽을 수는 없었어요. 그래서 마침 다른 방안을 찾고 있었는데, 갑자기 이런 기이한 만남을 갖게 된 거예요. 이건 분명 하늘의 뜻이 우리 두 사

람을 가엾게 여긴 거예요. 저는 하늘의 뜻을 따르렵니다. 공께서
도 너무 염려 마셔요."

여자의 말을 들은 무관은 처음에는 측은했고 나중에는 반
가웠다. 그래도 살고 싶지 않은 마음은 어쩔 수가 없었다. 그래서
천천히 설득했다.

"당신 말이 좋지만 난 돌이킬 수가 없소. 그냥 죽어야겠소."

"사내가 아니군요. 그래도 이 만남은 우연이 아니니 순탄한
길이 열릴 거예요. 자중하셔서 평생을 망치지 마세요."

여자는 일어나 집에 들어가 술과 안주를 가져와 직접 술을
따라 주며 권했다. 무관은 이미 그 미모에 반했는데 또 그 말에
도 감격해 권하는 대로 들이켰다. 자못 흥이 오르자 무관은 마침
내 여자의 손을 잡고 방에 들어가 수놓은 병풍에 비단 이불, 꽃
무늬 자리, 비단 베개에서 벌이 꽃을 탐하고 나비가 꽃을 사랑하
듯, 메마른 풀에 단비를 내리듯, 다 식은 재에 다시 불길을 피우
듯 사랑을 나누니 그 즐거움을 짐작할 수 있으리라.

그 이후로 무관은 그 집에 항상 머무르며 죽고 사는 것을 하
늘의 뜻에 맡겼다. 여자도 남편의 집과 완전히 인연을 끊어 버리
고 더는 두려워하지 않았다. 오직 좋은 옷과 맛있는 음식을 차려
무관을 보살피는 데 힘썼다. 그러자 수척했던 얼굴이 날로 점점
살이 올라 예뻐졌다. 무관은 밤에는 와서 자고 낮에는 나가 노는

생활을 한 달 정도 하자 죽고 싶은 마음이 점점 없어지고 세상 사는 즐거움이 점차 깊어졌다.

그렇지만 여자에 대한 소문은 숨길 수가 없는 법이다. 역관이 돌아올 즈음 편지 한 통이 먼저 도착했다. 여자는 무관과 함께 도망하려 했으나 그는 수치스러워 떠나지 못하고 주저하면서 결정하지 못했다. 그러는 새 역관은 이미 고양역(高揚驛)에 도착해 그 집 식구들이 채비를 갖춰 마중을 나갔다.

역관은 본처에게 물었다.

"작은집은 왜 안 왔나?"

본처가 말했다.

"작은집은 따로 남자가 있는데 당신하고 무슨 상관이래요?"

역관이 깜짝 놀라 사정을 묻자 본처는 소문을 자세히 전했다. 역관은 화가 산꼭대기만큼 치밀어 올라 술상을 치우고 급히 준마에 채찍질을 해 내달렸다. 허리춤엔 날카로운 칼을 찼다. 질주하여 들어가 단칼에 두 남녀를 베려는 것이었다. 대문을 열고 우당탕탕 들어가 크게 소리쳤다.

"어떤 놈의 도적이 내 집에 들어와 내 첩을 훔쳤느냐? 빨리 나와 칼을 받아라!"

문득 어떤 사람이 문을 열고 그 앞에 섰다. 의복이 찬란하고 외모는 흡사 신선 같은데, 옷깃을 헤치며 가슴팍을 드러냈다. 그가 기쁜 얼굴로 웃으며 말했다.

"내 오늘 드디어 죽을 곳을 찾았구나. 너는 이 가슴을 찌르기만 하여라."

평온한 분위기로 조금도 동요하는 기색이 없었다.

역관은 기가 탁 풀렸다. 저도 모르게 두려워 후경이 양나라 무제를 만난 것처럼[9] 벌벌 떨며 기가 죽어 입을 벌리고 물러나 바보처럼 한마디도 하지 못했다. 그저 한탄하는 소리를 몇 번 내더니 갑자기 칼을 던지며 무관에게 말했다.

"집도 처도 재물도 당신 내키는 대로 하시오."

그러더니 황급히 떠나며 뒤도 돌아보지 않았다. 여자는 이때 벽 사이에 숨어 그 상황을 엿보고 있다가 나와서 말했다.

"저 못난이가 뭘 어떻게 하겠어요? 빨리 떠나요."

그러더니 다락에 뛰어올라 궤짝을 하나 가져왔는데 은 300냥이 들어 있었다. 여자가 말했다.

"제 친정도 부잣집이라 시집올 때 이 돈을 주셨어요. 제가 몰래 깊이 숨겨 놓아 남편도 몰라요. 아버지는 돌아가신 지 오래라 함께 생계를 도모할 사람도 없어요. 지금 다행히 주인을 만났으니 이걸로 밑천을 삼아요."

또 바구니 하나를 꺼냈다. 열어 보니 그 안에 황금과 옥으로 만든 패물, 머리 장식, 노리개며 비단옷이 가득 차 있었다. 여자

9_ 후경(侯景)이 양(梁)나라 ~ 만난 것처럼: 후경은 양나라 장수인데 양 무제(武帝)에 대적해 반란을 일으켰다. 그렇지만 막상 양 무제를 대면해서는 그 위엄에 눌려 쩔쩔맸다.

는 또 말했다.

"이것도 수백 금은 될 거예요. 잘 굴리기만 하면 어찌 가난을 근심하겠어요? 어서 하인을 시켜 말에 실으라고 하세요."

이튿날 새벽 무관은 마침내 노비 두 사람을 시켜 말 두 마리에 재물을 가득 싣게 하고, 여자를 그 위에 태웠다. 자신도 그 뒤를 좇아 말을 달려 봉산으로 돌아갔다. 역관은 감히 쫓아오지 못했고, 역관의 본처는 첩이 떠난 걸 다행으로 여기며 관아에 이야기하면 이들을 붙잡아 올까 두려워했다.

무관은 재물을 다 털어 예전에 팔았던 땅을 사들이고, 이를 잘 운영하여 재산을 쌓아 몇 년 사이에 부자가 되었다. 도로 서울에 가 벼슬자리를 구했는데, 옛날의 실수를 싹 고쳐 치밀하게 일을 추진하니 좋은 벼슬을 얻게 되었다. 차례로 벼슬을 옮기다가 몇 번이나 승진하여 좋은 진영을 얻고 절도사가 되기에 이르렀다. 그 여자와는 백년해로하며 복록을 성대하게 다 누렸다.

사람들은, 그가 남에게 베풀기를 좋아하고 남을 잘 믿어서 좋은 결실을 얻은 것이니 하늘의 도리는 참으로 밝아 속이는 일이 없다고 여겼다.

평한다.

새 남편을 따르는 것은 여자의 추악한 행실이고, 남의 첩을 몰래 훔치는 건 양반의 악한 행실이니 군자가 입에 올릴 바가 아니다. 그렇지만 이 두 사람은 모두 위급한 사정과 불행한 일에서 빠져나오는 중에 우연히 이런 일을 하게 되었으니, 첩도 무관도 탓할 수 없다. 마음에 덕이 있는 사람은 악하지 않아 끝내 보답을 받게 되는 것이 자연의 이치다. 이 점은 취할 만하다.

한 인간이 기를 쓰고 죽고자 하는데 자꾸 살길이 열리는 아이러니한 상황이 흥미진진하게 그려졌다. 멋진 풍채에 인정 많고 활달한 품성을 가졌으나 벼슬하지 못하는 무관이 매관매직을 하려다 도리어 사기를 당하는 정황은 당시 세태를 잘 보여 준다. 사기꾼에게 말려들 때, 속았음을 깨닫고 자괴감에 빠질 때, 자살하고자 하나 막상 두려움이 엄습할 때, 그리고 아름다운 배필을 만나 점차 삶의 활기를 얻어 갈 때마다 실감 있게 묘사된 인간 심리가 압권이다. 아울러 절망적인 상황 속에서도 '양반네들처럼 말라 죽을 수는 없다'며 살길을 적극적으로 도모하는 하층 계급 여성의 태도가 주인공과 선명한 대조를 이룬다.

길정녀

길정녀(吉貞女)는 평안도 영변(寧邊) 사람이다. 아버지가 그곳 향관(鄕官: 지방 관리)이었는데, 그녀는 서녀(庶女)였다. 부모님이 모두 돌아가시자 삼촌에게 의탁해 스무 살이 되도록 시집가지 않고 베를 짜고 바느질을 하여 자기 힘으로 먹고 살았다.

그 전에 경기도 인천의 신명희(申命熙)라는 서생이 젊을 때 이상한 꿈을 꿨다. 한 노인이 어떤 여자를 데리고 왔는데 나이는 대여섯 살쯤이었다. 얼굴에 입이 열한 개나 있어 놀랍고 괴이했다. 노인이 신생에게 이렇게 말했다.

"이 아이는 훗날 그대의 배필이다. 함께 늙어 죽을 것이야."

잠에서 깨어 몹시 이상하게 여겼다.

신생은 마흔이 넘어 아내가 죽자 안살림에 주인이 없어 쓸쓸했다. 새장가를 들려 했지만 번번이 어긋나 틀어졌다. 때마침 친구가 영변으로 외직을 나가게 되자 신생은 거기 가서 함께 지냈다. 하루는 또 예전에 꿈에서 본 노인이 입이 열한 개인 그 여자를 데리고 왔는데, 벌써 장성해 있었다. 노인이 말했다.

"이 여자가 다 컸으니 이제 그대에게 시집갈 것이다."

신생은 더욱 괴이하게 여겼다.

한참 후의 일이다. 관아에서 이속(吏屬)들에게 세마포[1]를 상납하도록 했는데, 한 서리가 말했다.

"이곳 향관의 한 처녀가 세마포를 최상품으로 짜서 일대에 이름이 자자합죠. 요번에 짜는 걸 곧 끝낸다고 하니 좀 기다려야 합니다."

얼마 뒤 그 세마포를 사다가 바쳤는데, 그 세마포는 곱고 깨끗하며 정교하고 치밀하여 세간에서 보기 드문 것이라 보는 사람마다 기이하다며 찬탄을 금치 못했다.

신생은 세마포를 짠 여인이 서얼임을 알고 즉시 소실로 들일 마음을 먹고서 여자의 집안과 친하게 지내는 마을 사람과 잘 지내며 중매를 서도록 했다. 여자의 숙부가 흔쾌히 여겨 신생은 바로 폐백과 예를 갖추어 그 집에 갔다. 여자는 베 짜는 솜씨가 빼어날 뿐 아니라 용모가 몹시 아름답고 행실도 교양이 있어 완연히 서울 벼슬아치 댁 규수의 자태였다. 신생은 기대 이상이라 크게 기뻐하며 그제야 '입 구'(口)가 '열한 개'(十一)면 '길'(吉) 자가 됨[2]을 깨달았다. 하늘이 점지해 준 인연에 깊이 감격하니 부부 간의 정이 더욱 돈독해졌다. 신생은 그렇게 수개월을 머물다가 고향으로 돌아가며 오래지 않아 맞이해 오마고 약속했다.

그런데 신생은 돌아가서는 걸리는 일이 많아 어느덧 3년이 지났는데도 약속을 지키지 못했고, 떨어진 거리도 아득히 멀어

1_ 세마포(細麻布): 올이 가늘고 고운 삼베.
2_ '입 구'(口)가~'길'(吉) 자가 됨: 파자(破字). '길'(吉)의 자형(字形)이 '십'(十) 아래 '일'(一)을 더하고, 그 아래 '구'(口)를 더한 것이라는 말.

소식마저 끊겨 버렸다. 여자네 숙부 집안사람들은 모두 다 신생을 다시 믿지 못할 사람이라 여기며 몰래 그녀를 다른 사람에게 팔아넘길 계략을 꾸몄다. 길정녀는 몸가짐을 더욱 조심하여 문밖을 출입할 때도 꼭 주변을 단단히 살폈다.

길정녀가 살던 고을은 운산[3]과 겨우 산등성이 하나 정도 떨어져 있는 곳인데 그 숙부는 거기 살고 있었다. 이때 운산의 사또는 젊은 무관이었는데, 첩실을 두려고 항시 고을 사람들에게 묻고 다녔다. 길정녀의 당숙은 조카를 바치려고 관부에 들락거리며 치밀하게 계획을 짰다. 혼인 날짜를 잡고서 사또에게 길정녀에게 비단을 내려 주기를 청했는데, 혼인날 입을 옷을 짓기 위해서였다. 숙부는 길정녀를 찾아가 다정하게 안부를 묻고, 이어서 말했다.

"우리 아들이 신붓감을 얻어 혼인날이 얼마 안 남았단다. 새 신부 옷을 만들고 싶은데 집에 바느질하는 사람이 없으니 네가 잠깐 가서 도와주었으면 하는데."

길정녀가 대답했다.

"제 남편이 감영에 계세요. 제가 오가는 것에 대해선 남편의 말씀을 기다려야 하지요. 숙부님의 집이 멀진 않지만 역시 다른 고을이니 결코 제멋대로 왔다 갔다 할 수는 없습니다."

"그럼 신생의 허락이 떨어지면 승낙할 테냐?"

3_ 운산(雲山): 지금의 평안북도 신의주시 운산군 일대.

"예."

숙부는 집에 돌아와 신생의 편지를 위조해서 친척들과 화목하게 지낼 것을 권면하고 빨리 가서 도우라고 재촉했다. 이때 상서(尙書) 조관빈(趙觀彬)이 마침 평안도를 순찰했는데, 신생은 그 집안과 인척 관계라 거기 머물고 있었다. 숙부는 그가 오래도록 찾아오지 않자 이미 길정녀를 버렸다고 생각해서 감히 이처럼 계략을 꾸민 것이다.

길정녀는 편지가 위조된 것을 눈치채지 못하고 숙부 집으로 갔다. 가위질이며 바느질에 힘쓰며 며칠이 되도록 집안 남자들과 말 한마디 섞지 않고 오직 맡은 일만 부지런히 하였다. 하루는 숙부가 사또를 맞아들여 몰래 그녀의 모습을 엿보게 하고서 자기가 말했던 것과 어떤지 비교하게 했다. 길정녀는 사또 오는 소리를 듣기는 했지만 그게 무슨 의미인지 알 턱이 있었겠는가.

저녁이라 불을 붙이는데 숙부의 큰아들이 말을 건넸다.

"누이는 항상 벽을 보고 등을 사르던데 무슨 생각에서야? 요 며칠간 고생해서 일했으니, 잠깐 쉬면서 대화 좀 해도 괜찮겠지?"

"나는 피곤을 모릅니다. 앉아서 말씀하시어요. 귀가 있으니 듣지요."

그는 히히 웃으며 앞으로 가 길정녀를 뱅 돌려 마주 앉히려고 했다.

여자는 화난 얼굴로 말했다.

"아무리 친척이라 해도 남녀에 구별이 있는데 어찌 이토록 무례해!"

이때 사또가 창틈에 눈을 붙이고 요행히 그 얼굴을 보고서는 아주 놀라고 기뻐했다. 길정녀는 노기가 가시지 않아 창을 밀치고 나가 뒷마루에 앉았는데, 분노가 더욱 끓어올랐다. 그런데 갑자기 마루 바깥에서 남자 목소리가 들리는 것이었다.

"이런 여자는 내 처음 보네. 서울의 화려한 미녀라도 쉽게 상대가 안 되겠는데."

길정녀는 비로소 그가 사또임을 알고 마음이 쿵쾅대고 기가 막혀 혼절하여 한참 뒤에야 정신을 차렸다. 날이 밝자 떨치고 일어나 서둘러 돌아가려는데 숙부가 그제야 사실대로 고했다.

"저 신생이란 자는 가난하고 나이도 많으니 조만간 황천길을 가겠지. 집도 멀리 떨어져 있는데 한번 가고 오질 않으니, 너는 버려진 것이 분명해. 네 꽃다운 나이며 아름다운 자태로 부잣집에 시집가는 게 옳아. 지금 우리 고을 사또는 나이도 젊고 무예로 만 리에 이름이 자자하단다. 네가 뭐하러 가망 없는 사람을 기다리며 평생을 그르치겠니!"

달콤한 말과 거짓말로 유혹도 하고 협박도 했지만, 길정녀는 분노가 더욱 치밀어 오르고 기운이 더욱 매서워져 점점 더 호되게 꾸짖으며 적서(嫡庶)의 구분도 따지지 않았다. 숙부는 그 마음을 돌이킬 길이 없다고 생각했지만 또 사또에게 죄를 얻는 것도 두려웠다. 여러 자식들과 상의한 끝에 일제히 나가 길정녀를 붙잡고 앞뒤로 밀고 당겨 협실(夾室)에 가뒀다. 그러고는 빗장을 굳게 잠가 겨우 음식만 통하게 했다. 기일을 기다려 억지로 시집보내려는 것이었다.

길정녀는 방안에서 그저 울고 흐느끼고 고함치고 꾸짖을 뿐 며칠간 음식을 입에 대지 않으니 모습이 초췌해지고 기운이 소진되어 정신을 차릴 수가 없었다. 옆을 보니 방 안에 생마(生麻)가 잔뜩 있었다. 그것을 집어 가슴부터 다리까지 몸을 칭칭 싸서 다가올 변고를 막으려 하다가 이윽고 생각을 고쳐먹고 말했다.

"흉악한 적의 손에 부질없이 죽느니 적을 죽이고 나도 죽어 원한을 갚는 게 낫겠어. 우선 억지로 먹어서 기운을 보충해야겠다."

일전에 길정녀가 간힐 때 식칼 하나를 허리춤에 숨길 수 있었는데, 남들은 모르고 있었다. 계책이 세워지자 숙부에게 이렇게 말했다.

"이제 힘이 다 꺾였으니 명을 따르겠습니다. 부디 저를 잘 먹여 주시어 오랜 굶주림을 달래 주시어요."

숙부는 반신반의했으나 몹시 기뻐 많은 밥과 맛난 반찬을 문틈으로 계속 들여 주었다. 그러면서 갖은 말로 길정녀를 어르고 꾀었다.

길정녀는 이틀을 먹고서 기운을 완전히 회복했는데, 그날 저녁이 바로 혼인날이었다. 사또가 와 사랑방에 머물자 숙부는 비로소 문을 열고 여자를 이끌어 나오게 했다. 길정녀는 방 안에 몸을 딱 붙이고 있다가 문이 열리는 것을 보고서 칼을 들고 뛰어나가 숙부의 큰아들을 쳤다. 그는 단번에 거꾸러졌다.

그녀가 소리 지르고 뛰며 남녀노소를 가리지 않고 만나는 대로 칼로 베며 동쪽으로 서쪽으로 덤벼드니, 누가 막을 수 있었겠는가? 머리가 깨지고 얼굴이 무너지며 유혈이 땅에 가득해 한 사람도 감히 그 앞에 설 수가 없었다. 사또는 이 광경을 보고 혼비백산하고 간담이 땅에 떨어질 듯했다. 방을 나설 겨를도 없어 그저 방 안에서 문고리를 꼭 쥐고서 어찌해야 할지를 몰랐다.

길정녀는 그 창호를 발로 차고 짓밟고, 손으로 발로 있는 힘껏 두들겼다. 창호가 다 부서지자 그녀는 온갖 말로 몹시 꾸짖었다.

"네가 나라의 후한 은혜를 입어 여기 원님이 됐으면 백성 보살피기에 힘써 우리 임금께 보답해야지. 그런데 지금 백성들을 잔인하게 해치고 여색에 급급해 이 고을의 흉악한 백성과 결탁하여 사대부의 소실을 겁박하니, 짐승만도 못하여 세상에 용납

될 수 없다. 내 네 손에 죽느니 너를 죽이고 함께 죽을 것이야!"

칼과 창으로 찌르듯이 독설을 하는데, 매섭기가 눈발 같고 서릿발 같았다. 고함쳐 꾸짖는 소리가 사방에 진동하자 구경하는 사람들이 모여 와 집을 백 겹으로 에워쌌다. 모두가 혀를 차고 감탄하며 그를 부축해 주기도 하고 눈물을 흘리기도 했다. 이때 숙부 부자는 숨어서 감히 나오지 못했고, 사또만 혼자 방 안에서 엎드려 이마를 찧으며 백 번 절하며 애걸했다.

"실로 소실부인의 정렬(貞烈)이 이와 같을 줄 모르고 도적 같은 놈에게 속아 이 지경에 이르렀습니다. 도적놈을 죽이고 소실부인께 사죄함이 마땅할지니, 용서해 주시길 천만 바랍니다."

그러고는 즉시 이방을 시켜 숙부를 수색하게 했다. 찾아내자 화를 내며 꾸짖어 피와 살이 다 튀도록 무릎에 곤장을 매우 쳤다. 그런 뒤에야 겨우 문을 나서 질풍처럼 말을 달려 관아로 돌아갔다.

이때 이웃 사람들이 길정의 집에 통보를 하니 집에서 즉시 와 맞아들였다. 그리고 마침내 일의 전말을 모두 갖추어 달려가 신생에게 고했다. 평안 감사 조관빈이 이를 듣고서 몹시 놀라고 또 노했다. 당시 영변 부사는 무인(武人)인지라 운산 사또의 부탁을 받고 여자가 칼을 들어 사람들 해친 것을 감영에 보고하여 엄중히 다스리고자 했는데, 조관빈이 공문을 보내 엄히 꾸짖었다.

운산 사또를 파직하여 종신토록 금고4_를 받게 하고, 숙부 부자를 잡아 들여 형신5_을 가하고 절해고도에 유배시키라는 내용이었다. 그러고는 종들을 성대히 보내 여자를 감영에 맞아들여 매우 칭찬하고, 후한 선물을 주어 보냈다.

신생은 곧장 길정녀와 함께 서울로 가 아현동6_에서 살다가 몇 년 후 인천의 옛집으로 돌아갔다. 여자가 집안을 부지런히 다스려 마침내 넉넉하게 되니, 사람들이 더욱 현명하게 여겼다.

신생은 을축년(1685)생인데 지금도 건강하여 노쇠하지 않았다. 상사 유응상(柳應祥)이 신생과 이웃이라 교분이 퍽 두터워 그 일의 전모를 갖추어 알고 있어 이 이야기를 해 주었다.

옛날의 열녀(烈女) 중에 살신성인하여 사람을 참담하고 슬픈 마음에 젖게 하는 사람은 많지만, 평생 행복하게 산 이는 드물다. 이 여인은 일세에 장렬히 이름을 드날리고 또 남편을 따라 평생 함께 장수와 복을 누려 '닭이 우는 것을 알리는 즐거움'7_을 백년 기약하였다. 정의(貞義)와 행복, 두 가지를 다 얻은 게 아닌가. 참으로 대단하구나!

4_ 금고(禁錮): 일정한 장소에 가두어 놓고 나가지 못하게 하는 형벌.
5_ 형신(刑訊): 형장으로 정강이를 때리면서 죄를 신문하는 일.
6_ 아현동(阿峴洞): 지금의 서울시 마포구 아현동.
7_ 닭이 우는~알리는 즐거움: 아내가 잠든 남편을 깨우는 즐거움. 『시경』(詩經) 제풍(齊風) 「계명」(雞鳴)의 "닭이 이미 울었으니 조정에 이미 신하들이 가득하리"(雞旣鳴矣, 朝旣盈矣)라는 구절에서 유래한다.

'길정녀'라는 한 서녀(庶女)가 처한 부당한 현실과, 그에 맞서 온몸으로 저항한 그녀의 모습을 인상적으로 그렸다. 조선 시대 서얼의 불행한 삶은 주로 남성을 중심으로 그려졌는데 이 작품을 통해 서얼 계층 여성의 삶을 엿볼 수 있다. 자신의 존엄성을 지키기 위해 필사의 힘으로 저항한 길정녀는 결국 남편을 다시 만나 백년해로하고, 당시 사람들에게 '열녀'로서 칭송받는다. 『춘향전』과 비교해 감상함직하다.

겸인 염시도

염시도(廉時道)는 서리 신분으로 서울 수진방¹⁻에 살았다. 성품이 신실하고 청렴하여 정승 허적²⁻의 겸인(傔人)으로 있었는데 총애와 신임을 한 몸에 받았다.

하루는 허 정승이 말했다.

"내일 새벽엔 심부름 보낼 곳이 있으니 일찍 오너라."

그날 밤 염시도는 친구들과 술을 마시고 노름을 하다가 날이 밝는 줄도 모르고 깊이 잠들었다. 급히 일어나 달리며 제용감³⁻ 앞 치현(鵄峴)을 지나던 참이었다. 길가 공터에 고목이 하나 서 있고 그 아래 풀이 무성한데 파란 보자기 하나가 언뜻 보였다. 가서 보니 단단히 밀봉되어 있는데 들어 보니 퍽 무거웠다. 주머니에 넣고는 사동⁴⁻ 허 정승 댁으로 달려가 늦게 왔다며 사죄했다. 정승이 말했다.

"먼저 온 서리에게 벌써 시켰다. 네게 무슨 죄가 있겠느냐?"

염시도가 물러나 마루 아래서 보자기를 끌러 보니, 은화 213냥이 보자기 깊숙이 들어 있었다. 그는 혼잣말로 말했다.

"이건 큰돈이다. 주인이 잃어버려 막막해하고 있을 텐데 내가 어떻게 몰래 가지겠어? 또 까닭 없는 횡재는 나같이 평범한

1_ 수진방(壽進坊): 지금의 서울시 종로구 수송동과 청진동에 있던 지명.
2_ 허적(許積): 1610~1680. 남인의 영수로, 형조판서·좌의정·영의정을 지냈다.
3_ 제용감(濟用監): 조선 시대에 임금에게 포목과 인삼 등을 진상하고 임금이 하사하는 옷감과 의복 등을 관리하던 관청. 수진방과 가까이 있었다.
4_ 사동(社洞): 지금의 서울시 종로구 사직동 일대.

사람에게 길한 게 아니야. 주인에게 돌려주지 못한다면 상공께 드리는 게 낫겠다."

그러고는 은을 갖고 허 정승에게 가 사정을 고하며 받아 주길 청했다. 정승이 말했다.

"네가 얻은 걸 내가 어떻게 갖느냐? 또 네가 취하지 않은 걸 내가 어떻게 취하느냐?"

염시도는 부끄러워하며 물러났다. 잠시 후 허 정승이 그를 불렀다.

"며칠 전에 내 듣기로 병조판서 댁에 말이 한 마리 있는데 은화 200냥에 광성부원군⁵⁻ 댁에 팔려고 한다더라. 아무래도 그 은을 잃어버린 것 같으니 네가 가서 한번 물어보거라."

병조판서는 청성부원군 김 공⁶⁻이었다. 염시도는 그 말대로 이튿날 청성부원군을 찾아갔다. 청성군이 무슨 일로 왔는지 묻자 염시도가 말했다.

"오래도록 못 뵈어서 안부를 여쭈러 왔습니다."

그러고는 말했다.

"귀댁에 혹시 잃어버린 물건이 없으신지요?"

김 공은 말했다.

"없다."

그러더니 급히 대청 아래 하인을 불러 물었다.

5_ 광성부원군(光城府院君): 숙종의 장인 김만기(金萬基, 1633~1687). 서인의 영수 송시열의 문인으로 허적과 대립했다.
6_ 청성부원군(淸城府院君) 김 공(金公): 김석주(金錫冑, 1634~1675). 서인의 핵심 인물로 허적을 비롯한 남인 일파를 제거했다. 광성부원군 김만기와는 인척간이다.

"종놈 아무개가 말을 가져간 지 벌써 이틀인데 아직도 연락
이 없으니 어쩐 일이지?"

하인이 말했다.

"아무개는 죄가 있어 감히 나와 뵐 수 없다 합니다."

김 공은 성을 내며 말했다.

"그게 무슨 말이냐? 속히 잡아들여라."

하인은 어떤 노복을 잡아들였다. 그는 뜰에 꿇어앉아 조아
리며 말했다.

"소인이 죄를 지어 만 번 죽어도 용서받지 못합니다."

김 공이 그 이유를 묻자 노복은 말했다.

"소인이 재동7 광성댁에서 말 값을 받아 놓고 덜컥 잃어버렸
습니다."

김 공이 버럭 화를 내며 말했다.

"종놈이 이런 거짓말을 하다니. 네가 농간을 부려 돈을 숨겨
놓고 와서 나를 기만하는구나!"

그러고는 몽둥이를 대령하라고 고함을 지르며 노복을 때려
죽이려 했다. 염시도는 잠시 형벌을 멈추고 은화를 주운 경위를
들어달라고 청했다. 김 공이 깜짝 놀라며 다시 심문하자 노복이
이렇게 말했다.

"처음에 말을 갖고 광성댁에 도착했을 때 상공께서 노복에

7_ 재동(齋洞): 지금의 서울의 종로구 재동 일대.

게 말을 타서 달려 보게 하시더니, '과연 빼어난 준마구나!' 하셨습죠. 또 말이 윤기가 자르르 흐르는 걸 보시더니 '이 말을 네가 먹였느냐?' 하시기에, '그렇습죠' 했더니 감탄하시면서 이렇게 말씀하셨습니다.

'이렇게 충직한 노복이라니 참으로 가상하다.'

그러더니 저를 앞으로 부르셔서 '너 술 좀 하느냐?' 하시기에 그렇다고 했더니 글쎄 큰 사발에 맛난 홍로주를 담아 연거푸 석 잔을 주시지 않겠습니까. 그러고는 즉시 은화 200냥을 셈하여 주시고는 여기에 열세 냥을 더 얹어 주시면서 '이건 네가 말을 잘 먹인 상이다' 하시는 겁니다. 소인이 하직을 고하고 나왔을 때는 벌써 저녁이었습니다. 너무 취해 걸을 수가 없어 얼마 안 있어 어딘지 모를 길가에 누워 버렸습죠. 밤중에 살짝 깨어 파루 종소리를 듣고 억지로 일어나 돌아왔는데, 도무지 은화 보따리를 어디에 떨어뜨렸는지 알 수가 없었습니다. 이처럼 죄를 지었으니 죽어 마땅하다고 생각해서 한숨을 쉬며 차마 나와 뵙지 못했습니다."

염시도가 마침내 은화를 주운 경위를 말해 주며 즉시 돌려주었는데, 봉지(封誌)[8]와 돈의 액수가 잃어버린 것과 꼭 맞았다. 김 공은 매우 감탄하고 기이하게 여겨 이렇게 말했다.

"너는 속세의 사람이 아니구나. 그렇지만 이건 본디 잃어버렸던 물건이니 이제 반을 네게 상으로 주겠다. 사양치 말거라."

8_ 봉지(封誌): 봉해 둔 물건 겉봉에 내용물을 적어 둔 것.

염시도가 말했다.

"만약 소인이 재물을 탐내는 마음이 있었다면 슬쩍 가지고 말씀드리지 않았을 겁니다. 그런다 한들 누가 알겠습니까? 제 것이 아닌 물건이라 문제가 될까 걱정했는데 어찌 상을 받겠습니까?"

김 공은 깜짝 놀라 낯빛이 바뀌는 줄도 몰랐다. 상에 대해서 다시는 말하지 않고 거듭 찬탄하며 술을 내오게 해 권했다. 노복의 죄는 완전히 씻겼다.

염시도가 인사하고 나오는데 어떤 소녀가 쫓아와 그를 불렀다.

"잠시만 머물다 가셔요."

염시도가 돌아보고 까닭을 물으니 소녀가 말했다.

"돈을 잃어버렸던 분이 제 오라버니예요. 저는 오라버니께 의탁해 사는데, 지금 덕분에 목숨을 구했으니 이 은혜를 어떻게 갚겠어요! 제가 안채에 들어가 부인께 말씀드렸더니 몹시 감탄하시면서 술이며 음식을 내리라 하셨어요. 좀 머물다 가시어요."

그러더니 곧장 행랑 아래 상을 차리더니 들어가 큰 쟁반에 진수성찬을 떡 벌여 공손히 내왔다. 염시도는 배불리 먹고 취하도록 마신 뒤에 돌아왔다.

경신년(1680)에 허 정승이 죄를 얻어 사사되었다.9- 염시도가 뛰어들어 사약을 붙잡고 나누어 마시려 했으나 의금부 도사가 그를 끌어내 쫓아냈다. 허적이 죽은 뒤 염시도는 미친 듯 날뛰

9_ 경신년(庚申年)에 허 정승이~얻어 사사(賜死)되었다: 1680년 경신환국(庚申換局)에 남인이 대거 실각하여 허적과 그 일가가 몰락했다. 김만기와 김석주가 허적의 서자 허견(許堅)을 역모죄로 고발했기 때문이다. 이 일에 연좌되어 허적은 사약을 받고 죽었다.

고 울부짖으며 다시는 세상에 뜻을 두지 않았다. 이윽고 집을 버리고 산수를 방랑하며 돌아다녔다. 염시도가 강릉에 사는 친척 형을 찾아갔더니 승려가 되어 어디 있는지 모른다고 했다. 그래서 금강산에 가 노닐다 표훈사 10_에 이르러 승려들에게 물었다.

"저는 불도에 귀의하려 합니다. 꼭 고승(高僧)을 스승으로 모시고 싶은데 어떤 분이 좋겠습니까?"

모두 이렇게 말했다.

"묘길상 11_ 뒤 외딴 암자에서 수행하시는 분이 생불(生佛)입니다."

가서 보니 과연 한 승려가 가부좌를 틀고 수행을 하고 있었다. 염시도는 그 앞으로 나아가 엎드려 진심으로 섬기고 싶다는 마음을 갖추어 아뢰고 삭발하여 승려가 되길 청했다. 아주 간곡히 말했지만 승려는 들은 체도 안 했다. 염시도가 그대로 엎드려 일어나지 않은 채 날이 벌써 저물었다. 승려가 갑자기 물었다.

"시렁 위에 쌀이 있는데 왜 밥을 안 하느냐?"

일어나 보니 과연 쌀이 있어 명에 따라 밥을 짓고 밤에는 그 앞에 나가 엎드려 있었다. 아침이 되자 승려는 다시 밥을 지으라 명했다. 이렇게 대엿새를 지냈는데 승려는 끝내 아무 말이 없었다.

염시도는 긴장이 좀 풀려 암자를 나와 근처를 서성이다가 암자 뒤편에 있는 조그만 초가집을 보았다. 그 안에 들어가니 열여

10_ 표훈사(表訓寺): 강원도 금강군 내금강리에 있는 절. 금강산의 4대 사찰 중 하나다.
11_ 묘길상(妙吉祥): 금강산 만폭동 바위에 부조된 불상.

섯쯤 된 아주 예쁜 여자가 혼자 있는 것이 보였다. 염시도는 끓어오르는 마음을 주체하지 못하고 곧장 앞으로 다가가 여자를 붙들고 범하려 했다. 여자는 품에서 작은 칼을 꺼내 들고 자결하려 했다. 염시도가 놀라고 두려워 곧장 멈추고 여자의 사연을 물었다.

"저는 원래 동구 밖 마을 사람입니다. 오라비가 출가해 이 암자의 스님을 스승으로 섬겼지요. 어머니는 이 암자의 스님을 신인(神人)으로 여겨 제 운명을 여쭈었는데 이렇게 말씀하시더랍니다.

'딸애가 사오 년 새 큰 액운을 만나네요. 만일 세상과 단절한 채 이 암자 근처에 와서 살면 액운을 피하고 좋은 인연도 만날 겁니다.'

어머니는 그 말을 믿고 여기 초가집을 지어 저와 단둘이 몇 년간 사실 생각을 하셨죠. 그런데 지금 어머니가 잠시 옛날 집에 가신 사이에 곧바로 이렇게 남에게 발견되어 죽을 지경에 이르렀으니, 이게 바로 스님이 말한 '큰 액운'인가 봅니다. 부모님 허락 없이는 죽어도 몸을 더럽힐 수 없습니다. 그렇기는 해도, 이 일은 우연이 아니에요. 신승(神僧)께서 '좋은 인연'을 말씀하신 건 분명히 이 일일 거예요. 남녀가 한번 연을 맺었으니 제가 어찌 다른 데 시집가겠습니까? 낭군을 따르기로 맹세합니다. 다만 어머니가 돌아오시기를 기다려 혼인을 확실히 해 두는 것이 좋지 않겠어요?"

염시도는 그 말을 기이하게 여겨 승낙했다. 그러고는 하직하고 암자로 돌아왔는데 승려는 역시 아무 말이 없었다. 그날 밤 염시도는 마음이 잡히질 않았다. 온 마음이 그 여자에게 쏠려 다시는 불도(佛道)를 물을 뜻이 없었고, 그저 다음 날 아침 그 어머니의 허락만 기다릴 뿐이었다. 아침이 되어 일어났는데 승려가 별안간 일어나 크게 꾸짖었다.

"웬 괴상한 놈이 나를 이렇게 어지럽히느냐? 죽여 버리겠다."

그러더니 육환장12을 꺼내어 마구 때리려 했다. 염시도는 허겁지겁 도망하여 암자 밖에 나와 우두커니 섰다. 한참 후 승려가 다시 앞으로 오라 부르더니 따뜻한 말로 타일렀다.

"네 관상을 보니 출가할 놈이 아니다. 암자 뒤의 처자는 결국 네 아내가 될 것이야. 다만 지금 곧바로 떠나 조금도 지체하지 말거라. 약간의 문제가 생길 텐데, 거기서 복록이 시작될 거다."

그러고는 '이성득전(以姓得全), 작교가연(鵲橋佳緣)'13이라는 여덟 글자를 써 주었다. 염시도는 눈물을 흘리며 하직하고 표훈사로 갔다.

그런데 앉은 자리가 데워지기도 전에 갑자기 포도청 군사들이 들이닥쳤다. 그들은 염시도를 포박하고 보자기로 얼굴을 가리고는 말에 싣고 질주해 갔다. 며칠 안 되어 서울에 이르자 염시도는 손발을 묶이고 칼을 찬 채 하옥되었다. 이때 허 정승의 옥사

12_ 육환장(六環杖): 고리가 여섯 개 달린 스님의 지팡이.

13_ 이성득전(以姓得全), 작교가연(鵲橋佳緣): '성(姓)'을 통해 몸을 보존하고 오작교에서 아름다운 인연을 만난다'라는 뜻이다. 이는 염시도의 성인 '염'(廉), 즉 청렴함을 지켜 몸을 보존하고, 견우와 직녀처럼 칠석날 배필을 만날 것임을 예언한 말이다.

에 연루된 자가 많아 그와 가까이 지내던 겸인들까지 잡아들였는데, 염시도가 긴밀히 지냈다는 증언이 나온 것이다.

의금부 국문(鞫問)에는 마침 청성부원군이 여러 재상과 나란히 앉아 죄를 다스리고 있었다. 나졸들이 염시도를 붙들어 들어갔는데, 신문 받는 사람이 많아 청성부원군은 미처 그를 알아보지 못했다. 염시도는 한 차례 평문[14]을 받은 뒤 도로 하옥되었다.

그때 마침 청성군 식사를 나르던 여종이 옛날에 은화를 잃어버렸던 노복의 동생이었다. 여종은 염시도가 귀신 꼴로 칼을 차고 있는 것을 보고는 깜짝 놀라 돌아가 부인께 고했다. 부인은 몹시 불쌍히 여겨 청성군에게 편지를 보내어 이 사실을 알렸다. 청성군은 그제야 깨닫고 즉시 염시도를 불러들이라 명하여 그를 대략 신문했는데 문제될 것이 없었다. 그래서 다음과 같이 말했다.

"이 사람은 본래 의로운 사람이다. 그 마음 씀씀이를 내가 다 알고 있는데, 어떻게 역모를 꾸몄겠는가?"

그러고는 즉시 석방하라 명했다. 염시도가 문을 나서니 옛날 돈을 잃어버렸던 노복이 깨끗한 새 옷을 가져와 기다리고 있었다. 마침내 함께 집으로 돌아가 융숭하게 접대해 주고, 돈과 말을 주며 그에게 장사를 해 보도록 했다.

얼마 후 허적의 조카 신후재[15]가 상주(尙州) 목사(牧使)로

14_ 평문(平問): 형구(刑具)를 쓰지 않고 죄인을 심문하는 것.
15_ 신후재(申厚載): 1636~1699. 허적의 조카라는 이유로 경신환국 2년 후인 1682년 삭직되었으나, 1689년 기사환국(己巳換局) 때 남인이 도로 집권하자 도승지를 지냈다.

부임했으므로 가서 뵈려 했다. 때는 마침 까치와 까마귀가 견우와 직녀를 위해 다리를 놓는다는 7월 7일 칠석날이었다. 상주에 접어들 무렵 해가 저물고 있었다. 갑자기 말이 으슥한 길을 미친 듯이 달려 어떤 촌가에 들어갔다. 염시도가 뒤쫓아가 보니, 말은 이미 그 집 마구간에 매여 있고 어떤 여자가 마당 가운데서 베를 짜다가 방으로 도망쳐 들어갔다. 염시도가 말고삐를 풀려 하는데 한 노파가 안에서 나와 말했다.

"꼭 고삐를 풀어야겠수? 말이 돌아올 곳을 알고 온 건데."

염시도는 멍하니 그 말뜻을 알 수가 없어 절을 하고 물었다.

"처음 뵙겠습니다. 그런데 어르신 말씀이 무슨 뜻입니까? 말이 돌아올 곳이라는 게 어디입니까?"

노파는 그를 맞아들여 앉히고는 말했다.

"내 알려줌세."

갑자기 안쪽에서 흐느끼는 소리가 들려왔다. 노파가 말했다.

"왜 우냐? 너무 기뻐서 그렇구나!"

염시도가 더욱 의아해서 사정을 바삐 여쭈니 노파가 말했다.

"아무 해에 금강산 작은 암자 뒤편에서 여자 하나를 만나지 않았수?"

"맞습니다."

"그게 우리 딸애요. 지금 우는 게 그 아이라오. 또 암자의 스님 알지요? 그분이 댁의 강릉 친척 형이오. 그분은 평소 신승으로 앞날을 환히 내다보았는데 털끝만큼도 틀린 적이 없지요. 일찍이 우리 딸에 대해 내게 이렇게 말해 주었소.

'이 아이는 우리 친척 아우 염 아무개와 인연이 있군요. 그런데 아우에겐 요 몇 년 사이에 큰 액운이 닥칩니다. 내 말대로 하면 액운을 넘기고 제 인연도 찾을 겁니다. 그렇지만 함께 살 수는 없을 테고, 아무 연월일 영남 상주 땅에서야 신방(新房)을 차리겠군요.'

그래서 내가 일부러 딸을 스님에게로 데리고 가 액운을 피하려 했더니 댁이 과연 찾아오셨더구면요. 내 마침 나가 있어 만나진 못했지만. 그 후 스님은 암자를 옮겨 가셨는데 어디로 가셨는지는 모르오. 내 아들이 또 이 지역 절집에 와 살게 되어 나도 여기에 왔지요. 나는 오늘 댁이 반드시 여기 오리라는 걸 알고 있었지."

그러더니 딸을 나오라고 불렀다. 한참 후 딸이 나오는데 과연 금강산에서 본 그 여자였고 얼굴이 더욱 탐스럽고 예뻐졌다. 염시도는 감정이 북받쳐 올랐고, 여자는 희비가 교차하여 다만 눈물만 뚝뚝 흘릴 뿐이었다. 이윽고 저녁상에 갖은 진미를 내왔는데, 모두 미리 준비한 것들이었다. 이날 밤 드디어 혼인을 하니 승려가 말한 여덟 자의 예언이 모두 이루어진 셈이다.

염시도는 며칠을 더 머물다 상주 목사를 뵙고 모든 일의 전말을 이야기했다. 목사가 몹시 기이하게 여기며 선물을 두둑이 주어 보냈다.

이때 염시도의 전처는 죽은 지 이미 오래되었고 친척들이 염시도의 수진방 집을 관리해 주고 있었다. 염시도는 마침내 그 여자와 노파를 데리고 서울로 돌아가 옛집에 다시 거처했다.

염시도의 이름은 사대부 사이에 파다히 퍼졌고, 청성부원군이 그를 잘 보살펴주어 집안 살림이 꽤 풍족했다. 모두 그를 '염의사'(廉義士)라고 불렀다. 그는 처와 함께 오래도록 잘 살았고 80여 세에 죽었다. 지금 그 자손들이 아직도 안국동에 살고 있다.

염시도는 매우 순후하고 성실한 겸인인데, 그 삶은 경신환국의 중심에 있던 허적을 섬긴 것을 계기로 예측할 수 없는 방향으로 흘러간다. 그러나 그 가운데 만난 크고 작은 인연들을 통해 염시도는 결국 행복한 결말을 맞이한다. 평소 가졌던 성실한 삶의 태도가 그를 '해피엔딩'으로 이끈 것이다. 한편, 이 작품은 예언이라는 신비한 모티프를 차용해 운명이 인간을 어떻게 이끌어 가는가를 살피고 있는 점에서 흥미롭다.

노비 이언립

연양군 이시백¹⁻의 처가에는 언립(彦立)이라는 이름의 노비가 있었다. 용모가 사납고 힘이 대단했는데 한 끼에 쌀 한 말씩을 먹고도 항상 부족해 고민이었다. 처음에 먼 지방에서 왔는데, 일거리를 주어도 항상 배고프다는 핑계로 게으름을 부리며 일을 하지 않았다. 그러다 한번 맛있게 밥을 차려 주면 나가서 땔나무를 해 오는데 나무 한 그루를 뿌리째 뽑아 통째로 산더미처럼 지고 왔다.

그런데 주인집이 가난해져 그 배를 채워 줄 수가 없게 되고 그 사나운 성격이 두렵기도 해서 그를 내보내며 좋을 대로 하라고 했다. 그래도 이언립은 가려 하지 않으며 이렇게 말했다.

"상전께서는 심부름꾼이 부족해서 일 맡길 사람이 없는데 제가 어떻게 떠납니까?"

주인집은 몹시 근심하면서 맡긴 일과 관련해 다시는 그를 꾸짖지 않았다. 얼마 후 집주인 아무개가 병으로 세상을 떠나고 과부가 된 안주인과 딸 하나만 남았다. 방 안에서 슬피 울어도 친척 중에 와서 봐 주는 이가 아무도 없고 장례 치를 도구도 전혀 마련할 수가 없었다.

1_ 연양군(延陽君) 이시백(李時白): 1581~1660. 인조반정의 공신으로 연양군에 봉해졌다. 일곱 번 판서를 역임하고 영의정에 올랐으며, 정묘호란 때는 인조를 강화도로 피신시켰다. 그를 주인공으로 삼은 소설이나 야담이 많은데, 일례로 『박씨전』을 들 수 있다.

이언립이 통곡을 하더니 뜰 아래로 내려가 엎드려 말했다.

"망극하오나 믿을 수 있는 친척이 아무도 없고 큰일을 치르는 것이 한시가 급한데 울고만 계시겠습니까? 집안에 돈이 될 만한 물건을 부디 이 종에게 맡겨 주시면 살뜰히 잘 준비하여 때에 맞게 장례를 치러 내겠습니다."

안주인은 의복과 세간을 탈탈 털어 그에게 맡겼다. 이언립은 그중 돈 될 만한 것만 가지고서 시장으로 달려가 돈으로 바꾸어 염습하는 도구를 사는 데 쓰고, 또 관을 만들 깨끗하고 좋은 품질의 목재를 사들였다. 그러고는 물건을 등에 지고 관을 짜는 장인에게로 갔다. 관 짜는 이는 이언립이 네 개의 큰 널빤지를 지고 있는 것을 보고 몹시 두려워 바로 따라가 정성을 다해 관을 짰다. 그는 또 이웃의 여러 부녀자들을 불러 일시에 옷을 재봉했다. 장례 기물을 하나하나 깨끗이 준비하고서 곧바로 입관(入棺)과 성복2_을 했다.

이언립은 또 유명한 풍수쟁이를 찾아가 상갓집의 딱한 사정을 알리고 극진하게 대접하며 근교의 길한 땅을 좀 점쳐 달라고 부탁했다. 풍수쟁이가 승낙하자 이언립은 말 한 필을 내와 직접 고삐를 잡고 함께 갔다. 풍수쟁이는 어떤 곳에 도착해 묏자리를 정하고 칭찬을 했다. 그런데 이언립이 그곳을 가리키며 이렇게 말했다.

2_ 성복(成服): 장례의 절차 중 하나로 시신을 입관한 후에 가족들이 상복으로 갈아입는 단계.

"용의 기운이 물가와 마주하는 흠이 있어 장지(葬地)로 삼기에는 맞지 않네요."

그 말이 분명하고 딱 맞았다.

풍수쟁이는 깜짝 놀라며 부끄러워했다. 또 언립의 용모가 사나운 것을 보고 자신이 잘 봐 주지 않으면 욕을 볼까 두려웠다. 그래서 마침내 어떤 곳으로 가 언립에게 이곳은 자신이 평소 비밀히 점찍어 둔 땅이라고 말해 주었다. 그러자 이언립이 이렇게 말했다.

"여기는 정말 쓸 만하군요."

그러고는 돌아와 안주인에게 발인할 날짜를 정하라고 했다. 장례 도구며 산소의 일을 모두 자신이 주관해 유감없이 잘 마쳤다. 안주인은 이때부터 집안일을 오직 언립에게만 맡겼다.

장례가 끝나자 언립이 또 안주인에게 말했다.

"주인님 댁은 상도 치르셨고 가난하시니 서울서 살기는 많이 어렵습니다. 시골에서 몇 년간 농사를 지으셔서 돈이 좀 모이는 걸 기다리시면 다시 서울로 올 수 있을 것입니다."

"참 좋은 생각이다!"

이에 바로 이사를 해 시골로 내려갔다. 이언립은 농사법에 밝고 또 힘이 세어 열심히 일했다. 게다가 거름법이며 땅을 비옥하게 만드는 기술이 비상해서 그가 경작한 토지의 소출은 다른 곳보다 열 배가 많았다. 동네 이웃들이 모두 그를 두려워하는 한편 그를 아껴서 한시바삐 달려와 도와주니 5, 6년 새 주인집은 큰 재산을 쌓게 되었다.

이언립이 안주인에게 말했다.

"아기씨가 이제 나이가 찼으니 혼처를 구해야겠습니다. 서울의 아무 동네 아무 댁에 가 부탁해 보렵니다. 이 댁은 마님 댁 친척인지라 소인이 주인을 뵌 적이 있으니 신랑감을 구한다는 마님의 편지 한 통을 써 주십시오."

안주인은 그 말을 믿고 편지를 써 부치고 또 선물을 후하게 보냈다. 이언립이 서울에 도착하여 그 집 주인을 만나 뵙고 사정을 말하며 신랑감을 구했다. 그 집은 당대의 이름난 관리 집안이었는데 이언립의 주인댁 형편이 넉넉한 것이 마음에 들었고 또 선물을 후하게 보낸 것에 감동했다. 이에 청을 허락하여 정성을 다해 구해 보았지만 도통 꼭 맞는 사람을 찾을 수가 없었다.

그러자 이언립은 좋은 배 한 짐을 사들여 직접 배 장수가 되어 사대부가를 두루 돌아다니면서 몰래 신랑감을 물색했다. 그러다가 서소문(西小門) 바깥의 한 집에 이르렀다. 대문이며 담장이 다 쓰러져 가는, 얼핏 봐도 가난한 집이었다. 어떤 총각 수재가 있었는데 나이는 꽤 들었고 더벅머리에 때가 잔뜩 낀 옷을 입고서 문밖을 나와 배 장수를 불렀다. 이언립이 가서 배를 내어 주니 수재는 칼을 뽑아 껍질을 까 연거푸 몇 개를 먹더니 또 10여 개를 소매 속으로 슥 넣으며 말했다.

"배는 맛있네만 내가 오늘 돈이 없으니 다음에 다시 오시게."

이언립이 보니 그의 용모와 기개가 범상치 않았다. 기쁨을 이기지 못해 수재에게 뉘 댁 자제인지 물으니 이렇게 답했다.

"여기는 이평산댁이다. 평산공(平山公: 연평군 이귀)이 내 부친이지."

이언립은 곧 관리 댁으로 가 아뢰었다.

"서소문 바깥에 이평산댁 자제가 신랑감으로 정말 좋습니다. 부디 소개해 주셔서 우리 아씨에게 청혼하게 해 주십시오."

관리가 이렇게 말했다.

"이평산은 나와 친하네만 그 아들은 나이가 꽉 차도록 방탕하여 공부를 하지 않아 사람들이 다 싫어하네. 그래서 아직도 정혼자가 없으니 그런 자를 어디에 쓰겠나?"

그러면서 재삼 청해도 끝내 허락하지 않았다. 이언립은 마침내 돌아가 안주인에게 고하고 다시 한 통의 편지를 써서 자세한 말로 거듭 청했다. 관리는 결국 이평산댁과 왕래하면서 언립의 주인집 형편이 넉넉하다는 이야기며 그 집 규수가 참 현숙하다는 말을 했다. 이평산은 마침 혼처가 구해지지 않아 고심하던 차에 이런 말을 듣고는 몹시 기뻐 마침내 길일을 택하여 혼인을 시켰다.

연양군은 젊을 때 소탈하고 행동에 거리낌이 없었는데 이언립만이 그를 뛰어나다고 여겨 입에 침이 마르도록 칭찬했다. 장모도 그를 아주 아끼고 잘 대접하며 원하는 건 뭐든지 주었다.

계해반정 때 연평군과 승평부원군3- 등 여러 사람이 반정을 도모했다. 그들은 이언립이 비록 종이기는 하지만 특별한 재주가 있는 것을 대단히 여겼다. 그래서 연평군의 아들 연양군의 집 깊은 방에서 함께 거사를 도모하며 일의 성패에 대해 물었다. 이언립이 말했다.

"신하로서 군주를 치는 일을 권하기가 참으로 어렵습니다만 나라가 망하려 하니 안 권하기도 어렵군요. 공께서 함께 거사를 도모하시는 분의 사람됨을 알고 싶습니다."

연양군은 집에서 함께 거사를 도모하는 여러 공들이 모인 자리에 이언립을 오게 했다. 이언립은 그들을 죽 둘러보고는 공에게 말했다.

"여기 계신 분들은 다 장수며 승상이 되실 재목들이십니다. 일이 잘 풀리겠습니다. 소인은 방에 들어가지 않겠습니다."

그러고는 즉시 하직하고 떠나갔는데 그 후 몇 달 동안 행방을 알 수 없었다. 연양군은 일이 예측이 안 되어 몹시 걱정하고

3_ 승평부원군(昇平府院君): 인조방정의 공신이자 노론의 영수인 김류(金瑬, 1571~1648)를 말한다.

있는데 얼마 후 언립이 와서 이렇게 아뢰었다.

"쇤네가 요번에 가서 일이 위태롭게 되면 바다에 들어가 피할 섬 하나를 구했습니다. 토지며 식량이 풍족하여 한평생 걱정 없이 살 수 있습니다. 일이 잘 풀리지 않으면 저희 상전과 집안사람들을 모시고 들어가 살 것입니다. 이제 또 강가에 배 한 척을 대 놓았으니 만약 재앙의 조짐이 보이거든 공들께서는 즉시 모두 나오십시오."

공이 허락했다. 반정이 성공하자 연평군 세 부자가 일시에 높은 작위에 봉해지고 영화로움을 누려 비할 데가 없었다.

이언립의 충성심과 지략, 밝은 식견은 다시는 종으로 대할 만한 게 아니라고 여겨 마침내 주인집에서 그를 속량[4]해 주었다. 그는 공주(公州)에 살았고 자손들이 몹시 많았는데 모두 양인(良人)이었다. 그 외 기이한 이야기가 아주 많지만 여기 쓴 게 특별히 기이한 것이다. 모두 이선이나 곤륜노[5]의 일들이지만 이 이야기가 더욱 훌륭하여 후세에 전할 만하다.

4_ 속량(贖良): 노비의 신분을 풀어 주는 것.
5_ 이선(李善)이나 곤륜노(崑崙奴): '이선'은 당나라의 노비 출신 장수. '곤륜노'는 얼굴이 검은 외국인 노비를 일컫는 말인데, 당나라 전기(傳奇)에 어떤 곤륜노가 주인의 사랑을 위해 헌신한 이야기가 있어 주인을 위해 희생한 노비를 칭찬할 때 이 말을 쓴다.

재주가 월등한 노비 이언립을 주인공으로 내세웠다. 임매(任邁, 1711~1779)가 『잡기고담』(雜記古談)에서 이언립의 사례를 다루며 그의 신분과 재주에 대해 본격적으로 고민한 것과 달리, 신돈복은 그의 이인적 면모에 초점을 맞추었다.

이언립의 진가는 잘 드러나지 않다가 주인집이 위기에 처하자 확연히 드러난다. 그는 자신과 마찬가지로 겉모습이 형편없던 이시백의 진면모를 알아보고 주인집 사위로 맞아들인다. 이언립처럼 남들이 기피하는 외양을 지녔으나 실상 빼어난 재주를 간직한 인물은 야담에 자주 등장한다.

금강산의 검승

감사 맹주서(孟胄瑞)는 산수 유람을 좋아했다. 젊을 적에 금강산 곳곳을 다니다가 아주 깊은 곳에 이르렀다. 그곳에는 아주 말끔한 암자가 한 채 있었다. 나이가 백 살쯤 되는 노승 한 사람이 예스럽고 강직한 모습으로 공손히 예를 갖추었다. 맹주서는 몹시 기이하게 여기며 하룻밤 머물면서 그가 터득한 도를 묻고자 했다. 노승은 갑자기 사미승[1]을 불러 이렇게 말했다.

"내일은 내 스승님 기일이다. 재를 올려야 할 것이니라."

"예."

이튿날 아침 나물밥을 차려 놓고 노승이 곡을 하는데 몹시 애통했다. 맹주서가 물었다.

"스님 스승의 성함이 무엇이며 도가 얼마나 높으셨습니까? 들려주십시오."

노승이 한참을 슬퍼하더니 이렇게 말했다.

"공께서 물으시니 무얼 숨기겠습니까! 저는 조선 사람이 아니고 일본 사람입니다. 스승님도 승려가 아니라 사대부지요. 제가 여기 처음 온 건 임진년(1592) 이전입니다. 본국에서 여덟 사람을 선발했는데, 모두 계략에 능하고 용맹무쌍한 자들이었지

1_ 사미승(沙彌僧): 불가에 처음 입문하여 수행하는 승려.

요. 본국에서는 우리 여덟 명에게 임무를 주었습니다. 조선 팔도를 하나씩 맡아 산천의 형세, 도로의 원근, 관새(關塞)며 요충지 등을 낱낱이 다니며 암기하고, 조선 사람 중 지략과 재주와 용맹으로 이름난 사람을 모조리 암살하라는 명이었지요. 그런 후에야 복명(復命)할 수 있었습니다. 우리 여덟 사람은 함께 조선어를 배웠습니다. 꽤 능숙해지자 부산 동래의 왜관[2]으로 나와 조선 승려로 변장했습니다. 출발할 때 서로 의논을 했지요.

'조선의 금강산은 신령한 산이야. 먼저 그 산에 가서 기도한 후 흩어지자.'

그렇게 10여 일을 동행한 끝에 회양[3]에 도착했지요. 어떤 선비가 나막신에 누런 소를 타고서 산골짝에서 나오더군요. 같이 간 사람이 말했습니다.

'우리는 며칠 동안 절을 찾아 헤매면서 음식 구경도 못 했고, 고기도 못 먹어 기력이 너무 없다. 저 사람을 죽여 그가 타고 있는 소를 잡아먹은 뒤에 가는 게 좋을 것 같은데.'

모두 '좋다!'고 하고 함께 가 선비를 치려고 했습니다. 선비는 이렇게 말했습니다.

'너희들이 어찌 감히 이러느냐! 너희들이 왜국 첩자인 걸 내가 모를 줄 아느냐? 다 죽여 버리겠다.'

여덟 사람이 깜짝 놀라 검을 뽑아 들고 일제히 선비에게 나

2_ 동래(東萊)의 왜관(倭館): '왜관'은 일본인들의 왕래와 무역을 관리하던 곳이다. 동래의 왜관은 역사가 가장 깊다.
3_ 회양(淮陽): 강원도 북부에 있던 군(郡). 이곳에 금강산 초입이 있다.

아갔지요. 선비는 훌쩍 뛰어올라 주먹으로 치고 다리를 날리는데 귀신처럼 빠르더군요. 다섯 명은 머리가 깨지고 팔다리가 부러져 죽었고 오직 세 사람만 살아남았습니다. 결국 모두 땅에 엎드려 목숨을 구걸하니 선비가 말했지요.

'너희가 정말 진심으로 내게 귀의하여 생사를 같이하며 배신하지 않을 테냐?'

세 사람은 이마를 조아리며 하늘을 가리켜 진심으로 맹세를 했습니다. 선비는 우리를 집으로 데려가더니 말하더군요.

'너희가 우리나라를 염탐하라는 명을 받았지만, 지혜가 짧고 기술이 엉성하니 가당키나 했겠느냐? 지금 너희가 하늘에 맹세하여 항복했는데, 진심인지 거짓인지 내 다 꿰뚫어 볼 수 있느니라. 내 너희에게 검법을 가르칠 것이다. 왜의 병사가 쳐들어오면 너희를 이끌고 병사를 일으켜 조령⁴을 수비하여 충분히 막아낼 수 있겠지. 너희도 타국에서 공을 세우는 게 싫지 않겠지?'

우리 세 사람은 절을 하고 그때부터 검술을 배웠습니다. 다 배우고 나서도 몹시 정성스레 섬기니, 선비는 우리를 깊이 신뢰하며 아꼈지요.

하루는 세 사람이 함께 어떤 외딴 암자에서 묵었습니다. 아침에 일어나 보니 선비가 누군가에게 죽어 방에 피가 넘쳐흘렀습니다. 저는 들어가 깜짝 놀라서 두 사람에게 물었지요.

4_ 조령(鳥嶺): 새재. 충청북도 괴산군 연풍면과 문경시 문경읍의 경계에 위치하는 고개로, 우리나라의 3대 요해처로 불렸다.

'이게 무슨 일이야!'

두 사람이 말하더군요.

'우리가 비록 저 사람을 섬기면서 검술을 다 배웠지만, 같이 왔던 여덟 사람은 의리가 형제와 같았다. 지금 모두 저 사람의 손에 죽고 이제 겨우 세 사람만 남았으니 저놈은 큰 원수다. 이걸 잠시라도 잊은 적 있겠나? 오랫동안 죽이고 싶었지만 기회가 없었는데 이번에 요행히 틈을 얻었으니 안 죽일 수 있었겠나?'

저는 몹시 꾸짖으며 말했습니다.

'우리는 다시 살아난 은혜를 입어 사제의 의리를 맹세했네! 은혜와 의리가 깊었고 정이 아버지와 아들 같았는데 어찌 다시 원수니 원한이니 운운하며 이런 짓을 저질렀나?'

엎드려 통곡하고는 마침내 앞으로 나아가 두 사람을 베어 모두 죽여 버렸습니다. 그러고서 마침내 이 산의 승려가 되었습니다. 사미승 하나를 얻어 외로이 이 암자에 앉았는데 나이가 벌써 백 살이 넘었습니다. 우리 스승의 재주와 지혜가 얼마나 높았는지, 의기가 얼마나 깊었는지, 정이 얼마나 도타웠는지 생각할 때면 애석한 마음이 무궁히 솟아올라 가슴이 너무나 아픕니다. 스승의 기일에는 매번 슬픈 마음을 억누를 수가 없는데 오래되어도 사그라들지 않습니다."

맹주서는 다 듣고 감탄을 이기지 못하며 말했다.

"아니, 높으신 스승의 밝은 지식과 신통한 용력으로도 두 사람이 본인에게 불리한 마음을 품고 있는 걸 몰라 끝내 죽임을 당하시다니! 왜 그러셨을까요?"

노승이 말했다.

"우리 스승님께서 어찌 두 사람이 악한지 몰랐겠습니까? 그들의 재주를 아껴서 깊은 은혜를 베풀어 열심히 배우도록 하신 거지요. 또 스승님은 지혜로 그들을 제압할 수 있다고 생각하셨겠지요. 스승님은 저의 재능이 빼어나다면서 저를 각별히 아끼셨습니다. 친척을 버리고 고향을 잊고서 부지런히 스승님을 섬겼던 것은 이 때문입니다."

맹주서가 청했다.

"스님의 검술을 볼 수 있겠습니까?"

노승이 말했다.

"제가 지금 너무 늙어 검술을 폐하여 쓰지 않은 지 오래라 어렵겠습니다. 공께서 며칠 더 머무르시면서 제가 마음먹을 때까지 조금 기다려 주신다면야 시험 삼아 해 보이리다."

다음 날 노승은 맹주서를 어디론가 데리고 갔다. 열 아름 정도 되는 잣나무 한 그루가 있는데, 그 윗동은 하늘에 닿아 있었다. 노승은 소매에서 공처럼 생긴 두 개의 구슬을 꺼냈다. 끈으로 단단히 묶어 놨는데, 끈을 끊고 보니 두 개의 쇳덩어리였다. 주먹처럼 돌돌 말려 있던 것을 손으로 쫙 펼치자 수 척이나 되는 서릿발 같은 검이었다. 검광이 가을 물처럼 반짝이고, 마치 종잇장처럼 돌돌 말렸다 펴졌다 했다.

노승은 쌍검을 쥐고서 검무를 췄다. 처음에는 칼 돌리기를 자못 천천히 하더니 이윽고 점점 빠르게 휘둘러 획획 바람을 일으켰다. 한참 후엔 솟구쳐 올라 공중에 둥둥 떠서 왔다 갔다 했다. 잠시 후, 잣나무 우거진 잎 사이로 커다란 은 항아리가 출몰했다. 번쩍하는 번개 빛처럼 길고 짧은 빛이 암벽에 반사되는데 서릿발 같았고, 잣나무 잎사귀가 비처럼 흩어져 내렸다.

맹주서는 귀신을 본 듯 덜덜 떨려 차마 똑바로 보지 못했다. 그 잣나무는 잎이 거의 떨어지고 나뭇가지도 반만 남았다.

한참 후 노승이 떨어져 내려와 나무 아래 서서 숨을 토해 내며 말했다.

"기력이 쇠했습니다. 젊을 때와는 같지 않군요. 내 한창때 이 나무 아래서 검무를 쳤을 때는 떨어지는 잎을 적중시켜 마치 실처럼 잘라냈는데 지금은 그러지 못해서 온전한 나뭇잎이 많군요."

맹주서는 몹시 기이하게 여기며 노승에게 말했다.

"어르신은 신인(神人)이십니다."

노승이 말했다.

"내 오래지 않아 죽을 것입니다. 나의 행적이 영원히 사라지는 것을 원치 않아 공에게 이와 같이 보여 주었습니다."

맹주서는 마침내 인사를 하고 돌아왔다. 그 후 몇 년이 지나 공이 금강산 승려를 만나 물으니 그 노승은 이미 죽어 다비를 했다고 한다.

내가 『임진록』[5]을 봤는데 다음과 같은 기록이 있었다.

"강남 사람 허의후[6]가 타국에서 장사를 하다가 일본에 붙잡혀 가 살마도주[7]의 총애를 받았다. 그러다 일본 관백[8]이 침략하러 온다는 소식을 듣게 되어, 친분이 있던 주균왕[9]에게 투서를 썼다. 명나라 변방을 지키던 장수에게 이렇게 전했다.

'관백이 대마도주에게 명해 일곱 사람을 분장해서 조선에 건너가 지형을 살펴보고 돌아와 보고하라고 합니다.'"

아마 이들이 여덟 명의 승려일 것이다.

5_ 『임진록』(壬辰錄): 남원의 의병장 조경남(趙慶男, 1570~1641)이 임진왜란 때의 일을 기록한 『난중잡록』(亂中雜錄)을 가리키는 듯하다. 실제 『난중잡록』에 이 내용이 실려 있다.

6_ 강남 사람 허의후(許儀後): 명나라 복건성 상인으로 1571년 일본에 잡혀 갔다. 그곳에서 도요토미 히데요시가 조선과 명나라를 침략하려는 계획을 듣고 명나라 조정에 이 사실을 알렸다.

7_ 살마도주(薩摩島主): 살마도의 책임자. 살마도는 일본 가고시마 현(鹿兒島縣)의 서부에 있는 섬.

8_ 일본 관백(關白): 도요토미 히데요시를 가리킨다.

9_ 주균왕(朱均旺): 명나라 사람으로 한치윤의 『해동역사』(海東繹史)에 의하면 허의후와 동향 사람이라고 한다.

임진왜란 이후 조선과 일본의 관계는 한층 복잡해졌다. 양국의 관계를 초월하여 진실한 인간적 교유를 했던 일본인은 결국 스승과 벗들을 모두 잃고 타국의 산속에서 승려가 되어 외롭게 늙는다. 모든 등장인물이 다 역사의 소용돌이 속에서 비극적 결말을 맞이했다고 볼 수 있다.

이 이야기는 끝부분에 검승의 칼솜씨를 마치 무협 소설의 한 장면처럼 흥미롭게 묘사한 점이 이채로운데, 특히 금강산이 배경이 되어 더욱 신비롭고 아름답다.

'호랑'이 만난 무인

인동[1]- 양반 조양래(趙養來)는 점을 잘 쳐서 신기한 일화가
많이 전한다. 동네에 한 무인(武人)이 과거를 보기 전에 조양래에
게 찾아가 길흉을 점쳐 달라고 부탁했다. 조양래는 주역점(周易
占)을 쳐 보고는 혀를 끌끌 차며 말했다.

"가면 호환(虎患)을 당하겠네. 하지만 또 과거에 급제도 하
겠군. 죽어서 과거에 급제하다니, 세상에 이런 법이 있나?"

그러고선 이런 점괘를 주었다.

"달 밝은 산길에 호랑이 무섭다."

무인은 듣고서 너무 괴상하여 길을 떠나지 않으려 했다. 그
런데 조양래는 이렇게 말했다.

"과거 급제하는 것은 틀림없으니 떠나게. 호랑이는 피하기
어려우니, 집에 있는다고 피해지겠나?"

무인은 그 말을 옳게 여겨 마침내 길을 떠났다. 출발한 지 이
틀 만에 인적이 없는 곳에 이르렀는데, 때마침 해가 지고 달이 떴
다. 어떤 도적이 뒤쫓아 오더니 갑자기 앞으로 다가와 그를 말 위
에서 끌어내려 목을 조르고 가슴팍을 밟아댔다. 그리고 장검을
뽑아서 몇 번을 휘둘렀다.

1_ 인동(仁同): 경상북도 구미 지역의 옛 지명.

무인이 말했다.

"네가 원하는 게 돈이냐? 내 행차에 옷과 말이 있으니 가져가라. 굳이 날 죽일 필요는 없지 않느냐? 내가 네 부모의 원수도 아니고 뭐 이렇게까지 하느냐?"

도적이 말했다.

"내 어찌 네놈의 돈을 원하겠는가? 부모의 원수가 아니면 내어떻게 이런 짓까지 하겠느냐?"

"내 평생 남을 죽인 적이 없는데 어떻게 너와 원수지간이 되는가?"

"생각해 보거라."

"내가 어렸을 때 어떤 여종에게 화가 나서 매질을 했는데 갑자기 죽었다. 이것 말고는 나 때문에 죽은 사람은 없는데."

"내가 바로 그 여종의 아들이다. 어머니가 돌아가신 후 남의 손에 컸지. 어른이 다 되도록 단 하루도 너를 잊은 적이 없다. 너는 내가 세상에 있는 줄도 몰랐겠지만 나는 오래도록 기회를 엿보았다. 지금 여기서 너를 만나는 행운을 얻었으니 내 어찌 너를 내버려 두겠느냐!"

"그렇구나. 네 처분에 맡기겠다."

그 노비는 한참을 고민하다가 검을 떨어뜨리고 물러나 땅에 엎드리며 말했다.

"지금 여기서 풀어드리겠습니다. 주인님께서는 가던 길을 가시옵소서."

"네 이미 나를 원수로 여겼는데 어째서 죽이지 않고 놓아주느냐?"

"제가 듣기로 주인님께선 제 어미를 죽이셨지만 돌아서서 후회하시고 매 기일마다 음식을 차려 제사를 지내 주셨다 했습니다. 이 은혜는 또한 잊을 수 없는 것입니다. 주인이 노비를 죽인 일에 어찌 노비가 보복을 한단 말입니까? 그저 마음에 맺힌 깊은 설움을 한 번쯤 씻어 내고 싶었습니다. 지금 벌써 주인님의 목을 조르고 시퍼런 칼을 휘둘렀으니, 주인님을 해치지는 않았지만 마음은 한결 풀렸습니다. 노비가 되어 주인을 능멸하는 지경에 이르렀으니 이 죄는 용서받기 어렵겠지요. 쇤네는 이제 주인님 앞에서 죽겠습니다."

무인이 말했다.

"너는 참으로 의로운 사람이다. 어찌 이렇게 죽겠느냐? 내잘 봐 줄 터이니 나와 함께 서울로 올라가자꾸나. 내 어찌 이 일을 마음에 담아 두겠느냐?"

그러고는 그의 이름을 물으니 노비가 이렇게 대답했다.

"쇤네의 이름은 호랑이라고 합니다. 헌데 노비가 주인의 목을 졸랐으니 어떻게 다시 노비라 할 수 있겠습니까?"

그러더니 단번에 칼을 뽑아 자결하여 바닥에 고꾸라졌다.

무반은 깜짝 놀라 저도 모르는 사이에 눈물이 샘물 흐르듯 흘러나왔다. 가까운 고을에 가서 그 사연을 이야기하니, 온 고을 사람들이 모두 놀라 힘을 합쳐 호랑의 무덤을 만들어 주었다.

무인은 상경하여 과연 과거에 급제했다. 조양래가 점괘 잘 맞추는 것이 이처럼 신묘했다.

호랑이 한 일은 불의하다고 할 수 없다. 그는 관고²⁻와 비슷하기도 한데 더욱 찬란하다. 기록할 만하지 않은가?

㿟

점쟁이의 점괘가 동음이의어를 통해 들어맞게 되는 과정이 재미있다. 속도감 있게 펼쳐지는 도적과의 대화도 흥미진진하다. 그러나 담고 있는 내용은 비극적이다. 억울하게 맞아 죽은 어머니의 원수를 갚고자 하는 인간 '호랑'과 노비로서의 자의식에 젖은 노비 '호랑'의 심적 갈등이 치열하다. '호랑'이 잠시 인간적 선택을 했다가 결국 노비로서 참회하고 자결하는 결말과 이에 대한 평(評)에서 작가 당대의 경험 공간을 지배했던 윤리 의식의 한계를 보여 준다.

2_ 관고(貫高): 한(漢)나라 시기 조(趙)나라 재상으로, 한 고조 유방(劉邦)이 자기 나라 왕을 업신여겼다고 생각해 유방을 암살하려 했으나 실패해 붙잡혔다. 모진 고문을 당하면서도 암살 계획은 조나라 왕과는 상관없이 스스로 꾸민 일이라고 주장하였고, 이에 조나라 왕이 혐의에서 벗어나자 '왕께서 석방되셨으니 내 책임은 다 했다. 또한 신하가 임금을 죽이려 했으니 무슨 면목으로 임금을 섬기겠나?' 하고 스스로 목을 찔러 죽었다.

이인들

이광호

　진사 이광호(李光浩)는 판서 임방[1]의 고모부다. 그 누이동생이 오랫동안 고질병을 앓고 있었기에, 그는 누이를 치료하기 위해 방술서(方術書)를 두루 읽다가 오묘한 도를 깨달아 기이한 일이 많았다.

　그는 마루 위에서 물을 한 동이 마시고 바닥에 누워 몇 차례 뒹굴고는 높은 곳에 몸을 거꾸로 세워 게워 내면서 '장기를 깨끗이 씻어 내는 중이다'라고 하였다.

　또, 항상 멀리 유람한다고 말하고는 뻣뻣하게 죽어 있다가 며칠 후에 비로소 일어났다. 하루는 집안사람에게 이렇게 말했다.

　"이제 멀리 나가 달포(한 달 남짓) 후에나 돌아올 거다. 친한 벗에게 부탁해 나 대신 내 몸을 지켜 달라고 했으니, 반드시 잘 대우해 주어야 한다."

　말이 끝나자마자 기절했다. 한 시간 후 다시 살아나 일어나 앉더니 자기 아들에게 말했다.

　"자네는 필시 나를 모르겠지. 나는 자네 아버지와 마음으로 사귄 벗이야. 자네 아버지가 지금 멀리 떠나 있어 나를 불러 자기 몸을 지키라 했으니, 행여 놀라지 마시게. 나는 영남 사람이네."

1_ 임방(任埅): 1640~1724. 노론계의 문신. 귀신과 신선 등 신비한 이야기를 다수 수록한 야
　담집 『천예록』(天倪錄)의 작가다.

그 말투며 행동거지가 이광호가 아니었다. 이광호의 처자식이 모두 그를 아주 깍듯이 받들었지만 감히 방 안으로 들어가지는 못했다. 이렇게 하기를 한 달 남짓 하였다.

어느 날, 그는 갑자기 바닥에 쓰러졌다. 얼마 후 눈을 뜨고 일어나 앉았는데 그 말씨며 분위기가 바로 이광호였다. 처자식은 한편으론 기쁘면서도 이런 일들에 익숙해져 일상으로 여길 뿐 그다지 이상하게 여기지 않았다.

하지만 그는 위험하고 요망한 말을 많이 했다. 그래서 효종 때 어떤 일에 연루되어 처형을 받았는데, 혼자 피를 흘리지 않았고 흰 기름이 흘렀는데 우유 같았다. 이광호 벗의 사위인 권(權) 아무개가 남당산촌[2]에 살았는데, 처형되던 날 신시(申時: 오후 3시~5시)에 이광호가 권 씨의 집에 갔다고 한다. 마침 주인은 없고 아이들만 있었는데, 그는 붓을 들고 벽 사이 장지문에 이렇게 글을 썼다.

평생 충효를 따랐건만	平生仗忠孝
오늘 이런 재앙 있구나.	今日有斯殃
죽은 뒤 정령이 올라가리니	死後升精魄
하늘에선 세월이 길겠지.	神宵日月長

2_ 남당산촌(南堂山村): 지금의 서울 한강 인근.

다 쓴 후에 벌떡 일어나 문밖으로 나갔는데 몇 걸음 안 가서 사라졌다. 그 집안사람들이 몹시 놀랐는데, 잠시 후 그가 죽었다는 소식이 들려왔다.

그 이전의 일이다. 그는 천불도3_ 한 폭을 갖고 있었는데, 그 그림 솜씨가 기이한 줄은 알지 못했다. 하루는 어떤 승려가 그림이 보관된 곳에 기이한 기운이 감도는 것을 보고 찾아와 이광호가 갖고 있는 서화를 보여 달라고 부탁했다. 천불도를 본 승려는 절을 하고 꿇어앉은 뒤에 두 손으로 그림을 받들고 이렇게 말했다.

"진귀한 보물입니다. 공(公)께서 이 그림을 시주하시면 후한 보답이 있을 것입니다"

이광호는 즉시 그림을 주면서 왜 진귀한 보물인지 물었다. 승려가 그림 위에 물을 뿜고 햇빛에 쬐니, 겨우 개미만 한 천 명의 부처가 눈썹이며 눈이 살아 움직이는 것이었다.

승려는 바랑에서 약을 찾아 한 움큼 건네주며 말했다.

"이 약은 신령한 약입니다. 매일 아침 냉수에 갈아 세 알씩 드십시오. 다 드시고 나면 장생불사하실 뿐 아니라 융성한 복을 누리실 겁니다. 그러나 세 알을 넘으면 반드시 큰 해가 있으니 조심하십시오."

그 약은 삼씨만 했고 까맸다. 이광호는 평소에 묵은 병이 있었는데, 승려가 일러준 대로 약을 먹으니 세 번 만에 묵은 고질

3_ 천불도(千佛圖): 천 명의 부처를 그린 그림.

병이 싹 사라졌다. 거무스름하고 누렇던 낯빛이 반짝반짝 윤이 났고, 몸이 가뿐하고 건장해졌다. 그래서 이광호는 매우 즐거워했다. 약을 거의 다 먹어 이제 10여 알 남았는데, 그 승려가 주의 준 것을 깜빡 잊어버려 한꺼번에 갈아서 몽땅 먹어 버렸다. 그 후 승려가 다시 집에 찾아와 크게 한숨을 쉬며 말했다.

"말씀대로 안 하셨으니 어쩔 수 없군요!"

이광호가 죽을 때 그의 벗이 남쪽에서 오다가 직산4_ 길가에서 그를 만났다. 그는 베옷 차림에 조랑말을 타고 있었는데 낯빛이 처참했다. 풀을 깔고 앉아 평소처럼 다정하게 대화를 하는데, 벗이 어디로 가느냐 묻자 그는 동문서답을 했다. 그 벗이 서울에 이르러 그의 부음을 들었는데 죽은 날짜가 바로 직산에서 손을 부여잡고 이야기 나눈 저녁이었다.

임 판서의 맏아들 정원(鼎元) 씨가 내게 이 이야기를 해 주었다. 이광호가 연마했던 것은 아마 내단수련법(內丹修練法)일 것이다. 정신을 몸 밖으로 나오게 하여 멀리 유람을 하고, 피를 하얀 액체로 변화시키는 데 도통했으니 내단수련법을 완성했다고 이를 만하다. 그렇지만 내단수련의 도(道)는 육체를 온전히 보존하는 것을 귀하게 여기거늘 승려의 말을 따르지 않았으니 참으로 안타깝다.

4_ 직산(稷山): 충청남도 천안 소재 고을.

영혼을 마음대로 육신에서 이탈시키는 묘술인 시해법(尸解法)에 능했던 이광호의 신비한 사적을 에피소드 식으로 나열했다. 이광호는 '李光澔'로도 표기한다. 인조 1년(1623) 요망한 말로 군중을 현혹하고 반역을 모의했다는 죄로 잡혀 들어갔는데, 본문에 '효종 때 어떤 일에 연루되었다'고 한 것은 착오인 듯하다. 그가 소장했던 〈시승천불도〉(施僧千佛圖)는 19세기의 백과사전류 책인 『오주연문장전산고』(五洲衍文長箋散稿)에서 우리나라의 이름난 불화(佛畫)로 거론되었다.

문유채

　문유채(文有采)는 상주 사람으로 품행이 훌륭했다. 부친상을 다하여 시묘살이를 하는 3년 동안 집에 얼씬도 안 하고 3년상을 마친 뒤에야 비로소 집으로 돌아왔다. 돌아와 보니 그 아내 황 씨(黃氏)가 몰래 다른 남자를 만나 딸을 하나 낳아 지내고 있었다. 문유채는 황 씨를 쫓아냈다. 황 씨가 숨어 버리자 황 씨의 친족들은 문유채가 그를 죽였다고 관아에 무고했다. 관아에서는 문유채를 고문하며 심문했지만 실상을 밝히지 못하고 7년 동안 그를 옥에 가두었다. 상서 조정만[1]이 상주 목사가 되었을 때 문유채가 누명을 썼다는 사실을 알고 황 씨를 찾아내어 체포한 뒤 곤장을 쳐 죽였다.

　문유채는 마침내 석방되어 그길로 집을 버리고 산속의 절에 살면서 벽곡법(辟穀法)을 행했다. 열흘 동안 음식을 먹지 않다가 한 번에 대여섯 되를 먹었다. 걸음걸이가 나는 듯하여 하루에 400리를 걸었다. 겨울이건 여름이건 홑옷만 한 벌 입었는데 춥고 더운 줄을 몰랐고 항상 나막신을 신고 사방을 두루 돌아다녔다. 그렇지만 옥 같은 용모와 붉은 뺨에 몸가짐이 단아하여 보는 사람에게 모두 호감을 샀다.

1_ 조정만(趙正萬): 1656~1739. 조선 후기의 문신으로 송준길과 송시열의 제자다. 호조참판, 공조판서, 형조판서 등 요직에 있었다. 그가 상주 목사를 지냈던 것은 1719년의 일이다.

경술년(1730) 동짓날 해주(海州)의 신광사(神光寺)에 큰 눈이 내렸다. 문유채가 홑옷을 입고 조금도 추운 기색이 없으니, 신광사 중들이 모두 이상하게 여겼다. 식사를 내어놓아도 사양하고 먹지 않았고, 저녁 잠자리에 들 때 따뜻한 자리로 안내해도 사양하고 찬 데 있으면서 혼자 앉아 새벽까지 자지 않았다.

당시 눈비가 그치지 않아 문유채가 사흘을 신광사에 머물렀는데 먹지도 자지도 않았다. 중들이 모두 그가 이인임을 깨닫고 일제히 나아가 말했다.

"저희 절이 비록 가난하지만 한 끼 공양드릴 거리가 어찌 없겠습니까? 그런데 생원께선 사흘을 지내면서 드시질 않는군요. 절의 승려로서 어찌 죄를 짓겠습니까? 저희가 무슨 잘못을 했기에 그러시는지 말씀해 주십시오."

문유채는 웃으며 말했다.

"나도 많이 먹습니다. 스님들께서 꼭 저를 먹이고 싶으시면 각각 한 움큼 쌀을 내서 그걸 모아서 밥을 지어 오시지요."

수십 명의 중들이 각기 쌀을 약간씩 내어 오니 한 말쯤 되었다. 그걸로 밥을 지어 내니 문유채는 손을 씻고 밥을 퍼서 덩어리로 만들어 집어삼키고는 바로 국을 후루룩 마셨다. 눈 깜짝할 새 그릇이 싹싹 비니 중들이 모두 깜짝 놀라 기이하게 여겼다.

문유채가 식사를 마치고 떠나려 할 적에 주지 스님은 건장한

사람 하나를 보내 그 뒤를 밟게 했다. 문유채는 석담서원²⁻에 가
서 절을 하고 방명록에 이름을 적었다. 뒤쫓던 중이 방명록을 보
고서 그가 문유채라는 것을 알았다. 문유채의 걸음이 하도 빨라
그 중은 도저히 쫓아갈 수 없음을 깨닫고 돌아왔다고 한다.

이것은 신광사 중이 해 준 이야기다.

계축년(1733) 섣달에 양근³⁻의 이효대(李孝大)라는 사람이
오대산(五臺山) 월정사(月精寺)에서 문유채를 만났는데, 직접 말
하기를 개골산(皆骨山: 금강산)이 자신의 대휴헐처(大休歇處: 도
를 깨우친 곳)라고 했다고 한다. 월정사에서 7일을 머물다가 개
골산으로 들어갔다고 한다.

이것은 이사천⁴⁻이 해 준 이야기다.

을묘년(1735) 윤4월에 나는 개골산을 유람했다. 그때 표훈사
(表訓寺)에 있던 중들이 말했다.

"문 거사라는 분이 재작년에 이 절에서 지냈는데, 이인입니
다. 올봄에 홀연 어디로 갔는지 모릅니다만 직접 말하길 관서 지
방으로 간다더군요."

나는 개골산에서 돌아오다가 양주(楊州) 길가에서 어떤 거사
를 만났다. 그는 묘향산에서 오는 길이라 했는데, 이렇게 말했다.

2_ 석담서원(石潭書院): 황해남도 벽성군 석담리에 있는 서원. 율곡 이이가 이곳에서 후진을
  양성했다. 소현서원(紹賢書院)이라고도 한다.
3_ 양근(楊根): 지금의 경기도 양평군의 일부.
4_ 이사천(李槎川): 조선 후기 저명한 시인 사천 이병연(李秉淵, 1671~1751)을 말한다. '사천'
  은 그 호다. 조선의 풍경을 시로 잘 표현하여 이름이 났으며 백악시단(白嶽詩壇)을 이끌었
  다. 신돈복과는 인척 관계로서 교분이 있었으므로『학산한언』에 그의 이름이 자주 보인다.

"문 거사는 양반 출신입니다. 금선대5_에 열흘 남짓 머물렀는데, 먹지도 않고 손에 당판(唐板: 중국에서 인쇄한 책) 한 권을 들고서 쉬지 않고 읽었지요. 얼굴빛이 참 맑았답니다."

기미년(1739) 겨울에 또 사천의 집에서 홍백창의 기록6_을 보니 다음과 같았다.

"문유채는 『황정경』7_ 읽기를 좋아하여 평소 어딜 다녀오거나 집에서 지낼 때 늘 이 책을 갖고 다녔고, 움직일 때건 앉아 있을 때건 누워 있을 때건 늘 이 책을 외워 이미 만 번을 읽었다. 을묘년(1735)에 풍악산(楓嶽山: 금강산) 백화암8_에 머물렀는데 하루는 『황정경』에 주해(注解)를 달아 성눌대사 화월당9_에게 맡긴 뒤에 마하연10_에 올라가 가부좌를 틀고 앉아 겨울이 지나자 훌쩍 세상을 떴다. 그 『황정경』이 금강산 외산 폭포암에 간직되어 있는데, 그 책을 화월당에게 맡긴 뜻 또한 우연이 아닐 것이다.

문유채는 항상 패랭이를 쓰고 칡덩굴 옷을 입고 나막신을 신고서 나는 듯이 걸어 다녔다. 천성이 조용한 것을 좋아하고 시끄러운 것을 싫어하는지라 궁벽한 곳의 빈 암자가 아니면 머물지 않았다.

5_ 금선대(金仙臺): 경상북도 문경시 산북면 운달산에 있는 절.

6_ 홍백창(洪百昌)의 기록: 홍백창(1702~1742)은 조선 후기 소론계 문인으로 금강산 유기(遊記)인 『동유기실』(東遊記實)을 저술했다. 여기서 '홍백창의 기록'은 『동유기실』을 이른다.

7_ 『황정경』(黃庭經): 위(魏)·진(晉) 시대부터 내려오는 도가의 주요 경전. 양생과 수련의 원리를 담고 있다.

8_ 백화암(白華庵): 금강산 표훈사에 있던 암자.

9_ 성눌대사(聖訥大師) 화월당(華月堂): 1689~1762. 조선 후기의 이름난 승려로, 금산사(金山寺)에서 1,400명에게 설법했다는 일화가 유명하다. 금강산에 왕래하며 불법(佛法)을 베풀었다.

10_ 마하연(摩訶衍): 금강산 만폭동 계곡 가장 높은 곳에 있던 암자.

가을에서 겨울로 바뀔 즈음에 한번은 산꼭대기의 버려진 절에 올라갔는데, 눈이 쌓여 길이 막혀 곧 소식이 끊겨 버렸다. 중들이 모두 '문 처사는 필시 얼어 죽었을 것이다'라고 여겼다. 봄이 돌아와 눈이 녹자 즉시 가서 그를 찾았더니, 문유채는 홑적삼을 입고 낙엽을 두껍게 깔고 초연히 꼿꼿하게 앉아 있었다. 얼굴빛에 윤기가 돌아 추위에 떨고 굶주린 기색이 전혀 없었다.

그는 아무도 없는 곳에 홀로 앉아 염불했는데 그 소리가 낭랑하여 마치 종과 편경이 울리는 듯했다. 혹 누군가 물어보면 바로 그쳤다. 함께 경서의 뜻을 논하고 싶어 하는 경사(經師)가 있었지만, '그저 읽을 줄만 알지 뜻은 잘 모릅니다' 하고 결국 대꾸하지 않으니, 그의 수준을 가늠하기가 어려웠다.

백화암에서 나와 마하연으로 옮기고 얼마 되지 않아 죽었다. 짚으로 싸서 금강산 배점[11]에 임시로 장사를 지냈는데 벌써 많은 세월이 흘렀는데 아직도 고향으로 시신을 수습해 가는 사람이 없다고 한다."

김백련(金百鍊)이 말했다.
"금강산 중들에게 들은 이야기네. 문유채가 하루는 방 한 칸을 따로 잡으면서 다른 중들에게 가까이 오지 말라 했다지. 한밤중에 갑자기 온 벽이 다 부서지는 소리가 마치 천둥소리처럼 나

11_ 배점(拜岾): 금강산 내금강 장안동 장안사터의 서북쪽에 있는 봉우리 이름. '배재령'(拜再嶺)이라고도 한다.

더니 집 안이 모두 대낮처럼 환해지고, 절의 큰 방을 빛이 훤히 비추었다는군. 중들이 모두 깜짝 놀라 달려가 보니 문유채가 이미 눈을 감아 해화¹²했다고 하네."

그가 금강산이 자신의 '대휴헐처'라고 한 말은 과연 실현되었다. 아마 을묘년(1735)에 관서(關西)로 갔다가 곧장 금강산으로 돌아왔을 것이다.

금선대는 한무외가 곽치허를 만난 곳이니, 문유채도 혹시 『해동전도록』을 보았을까?¹³ 그가 들고 다니던 당판 책은 『동화편』이리라. 내가 『팽조경』을 보니 청정선생(靑精先生)을 '득도한 분'이라고 했다.¹⁴ 그는 500년 넘게 살면서 죽는 날까지 음식을 먹지 않았는데, 그러면서 또 하루에 아홉 끼를 먹는 게 가능했다고 한다. 명나라 초 장삼(張三)은 반나절에 천 리를 가고, 수개월 동안 벽곡을 했는데 그 역시 하루에 몇 되의 쌀을 먹는 게 가능하고 한겨울에 눈 속에 누워 지냈다 한다. 이 모두 복기¹⁵를 통해 가능한 일들이니, 내련법이나 금단¹⁶과는 문로(門路)가 현격히 다르다. 문유채가 연마한 것이 혹시 이 수련법이 아닐까? 이렇게 수련하면 해화할 때 집이 찢어지는 소리가 난다고 한다.

12_ 해화(解化): 도를 터득하여 육체를 버리고 신선이 되는 것.
13_ 한무외(韓無畏)가 곽치허(郭致虛)를~『해동전도록』(海東傳道錄)을 보았을까?: 한무외(1517~1610)와 곽치허는 모두 조선의 신선들이다. 『해동전도록』은 한무외가 저술한 도가서.
14_ 그가 들고 다니던~분이라고 했다: 『동화편』(東華篇)과 『팽조경』(彭祖經)은 모두 도교의 선서(仙書)다. '청정선생'은 『팽조경』에 나오는 신선의 이름이다.
15_ 복기(服氣): 도가 수련법의 일종으로 좋은 기를 들이마시고 나쁜 기운을 뱉어 내는 것.
16_ 금단(金丹): 신선이 복용하는 불로불사약.

문유채는 '내련법'을 익힌 이광호와는 달리 '벽곡법'(辟穀法)을 수련하는데 이는 양생술의 일종으로 오곡과 익힌 음식을 먹지 않는 것이다. 신선의 풍모와 자질을 갖추었고, 항상 반듯하고 겸손한 태도를 유지한 모습이 특별하다. 황해도 해주의 신광사, 강원도 평창의 월정사, 경상북도 금선대, 그리고 금강산을 누비며 다닌 그 신비로운 행적들이 다양한 전언(傳言)을 통해 기록되는데, 이는 문유채라는 신선의 궤적을 작가가 얼마나 집요하게 추적했는지 보여 준다. 신돈복의 문유채 이야기는 19세기 『청구야담』(靑邱野談)과 『이향견문록』(里鄕見聞錄)에도 실려 전한다.

설생

광해군 때 설생(薛生)이라는 사람이 청파동[1]에 살았는데 문장을 아름답게 짓고 기개와 절조를 숭상했다. 과거에 응시했으나 운이 좋지 않았다. 일찍이 추탄 오윤겸[2]과 절친하게 지냈는데 계축년(1613) 폐모 사건[3]이 일어나자 설생은 분개하며 그에게 이렇게 말했다.

"윤리와 기강이 사라졌으니 벼슬해서 어디에 쓰겠나! 자네 나와 함께 은거하려는가?"

추탄공은 부모님이 계셔서 함부로 멀리 갈 수 없다며 사양했다. 그러고 나서 한 달 후 다시 가 보니 설생은 떠난 뒤였고, 어디로 갔는지는 알 수 없었다.

인조반정 후 갑술년(1634)에 추탄공은 강원도 관찰사가 되어 고을을 순찰하다가 간성[4]에 이르러 영랑호(永郞湖)에 배를 띄웠다. 홀연 물결에 안개가 자욱이 일고 아지랑이가 피어오르더니 어떤 사람이 배를 타고 왔다. 가까이 가 보니 바로 설생이었다. 추탄공은 깜짝 놀라며 그를 자기 배로 맞아들였다. 마치 설

1_ 청파동(靑坡洞): 지금의 서울시 용산구 청파동 일대.
2_ 추탄(楸灘) 오윤겸(吳允謙): 1559~1636. 좌의정·영의정을 역임했다. 오윤겸의 실제 행적은 이 이야기와 차이가 있다. 이 이야기에서는 그가 1634년 강원도 관찰사로 부임했다고 하나, 당시 그는 좌의정을 지내고 있었다. 오윤겸은 1613년경에 강원도 관찰사를 지냈다.
3_ 계축년 폐모 사건: 광해군 때 대북파에 의해 영창대군과 그 세력이 축출된 '계축옥사'를 말한다. '폐모 사건'에서 '폐모'는 영창대군의 친모 인목대비를 가리킨다. 계축년에 영창대군을 지지하는 세력은 반역을 도모했다는 누명을 쓰고 대거 축출되었으며, 영창대군은 폐서인이 되어 강화도에 유배되고 인목대위도 폐위되었다.
4_ 간성(杆城): 지금의 강원도 고성군 간성읍 일대.

생이 하늘에서 뚝 떨어진 것같이 지극히 기뻐하며 어디서 지내는지 물으니 설생은 이렇게 말했다.

"내 거처는 양양읍[5]의 동남쪽에서 육십 리쯤 떨어진 데 있네. 회룡굴(回龍窟)이라 부르는데, 깊고 궁벽한 곳이라 인적이 드물지. 그래도 여기서 거리가 멀지 않으니 갔다 오는 데 반나절도 안 걸릴 걸세."

그러고는 추탄공에게 함께 가자고 했다.

산에 어스름이 내릴 무렵 추탄공은 길을 안내하던 하인들을 물리치고 중에게 가마를 끌게 하여 골짝으로 들어갔다. 높고 험한 길을 수 리 가니 깎은 듯한 푸른 벼랑이 우뚝 서 있어 기이한 형상이 눈을 놀라게 했는데 중간이 꺾여 돌문을 이루었다. 그 좌우 양옆으로 맑은 물이 콸콸 쏟아져 나왔으니 돌문 옆에 용이 서려 있는 형국이었다.

벼랑 꺾인 곳으로부터 돌길을 따라 오른쪽으로 꺾어 올라가는데 구불구불하고 가팔라 덩굴이며 나무를 붙잡고 나아갔다. 드디어 굴이 나왔다. 높이가 몹시 낮아 몸을 잔뜩 구부리고 들어갔는데, 안에 들어가니 완전히 별천지였다.

땅이 참으로 넓고 평평하며 흙은 비옥했다. 인가가 많고, 뽕나무 삼나무가 우거졌고, 배나무 대추나무가 숲을 이루었다. 설생의 거처는 굴속의 중앙에 위치했는데 몹시 화려했다.

5_ 양양읍(襄陽邑): 지금의 강원도 양양군 일대.

설생은 추탄공을 안내하여 당 위에 올라 산중 별미인 진기한 채소며 신기한 과일을 내 왔는데 향긋하고 달콤하여 아주 기이했다. 또 인삼정과[6]는 크고 실하여 팔뚝만 했다. 함께 나가 노니는데 산수의 경치가 기괴하고 화려하여 들어갈수록 더 절경이라 말로 형용할 수 없었다.

추탄공은 마치 방장산[7]에 들어온 듯 황홀해하다가 자신의 높은 관직이 더러운 것임을 깨달았다. 그러고는 설생에게 말했다.

"산수가 맑고 빼어나니 참으로 은거하기 좋은 곳일세. 가계가 넉넉지 않을 텐데 산속에서 어떻게 이런 걸 마련했나?"

설생이 웃으며 말했다.

"내가 일찍이 노닐며 다닌 곳이 여기만이 아닐세. 세상을 등진 이래 마음대로 유람하는 걸 하루도 쉬지 않았지. 서쪽으론 속리산에 갔다가 북쪽으로 묘향산, 남쪽으로 가야산이며 두류산 승경을 찾아다녔네. 무릇 우리나라 산천에서 빼어나다고 이름난 곳을 두루 다닌 거지. 그러다 우연히 마음에 드는 곳이 있으면 풀을 얽어 집을 짓고 황무지를 개간해 밭을 일궜네. 그렇게 혹 2년, 혹 3년을 살면 흥이 다해 훌쩍 옮겨 다른 곳에 갔네. 그렇게 지내던 곳들엔 여기보다 열 배나 산수가 화려하고 전답이 비옥한 데가 많았는데, 다만 세상 사람들은 알지 못하지."

추탄공이 설생의 시종들을 보니 모두 아름다운 외모에 관악

6_ 인삼정과(人蔘正果): 인삼을 꿀에 졸여 만든 과자.
7_ 방장산(方丈山): 중국 전설 속 신선이 사는 산.

기며 현악기에 능숙했다. 물어보니 다 설생의 첩이라 했다. 가무를 하는 미희들은 십 수 명인데, 모두 젊고 아리따워 더욱 놀라웠다. 설생의 만족스러운 삶을 보고서 자신의 세속적인 일상을 되돌아보니 추탄공은 참으로 허망하다고 느껴 눈물이 흘렀다. 그리하여 시를 한 편 지어 주었다.

그렇게 이틀을 머물다가 비로소 짐을 챙겨 나오며 설생에게 약속했다.

"훗날 반드시 서울에 있는 나를 찾아 주시게."

3년 후, 설생은 과연 추탄공을 찾아 왔다. 추탄공은 마침 인사(人事)를 담당하고 있어 설생을 천거하여 관직을 주려 했으나, 설생은 수치스럽게 여겨 인사도 없이 떠나갔다. 그 후 추탄공이 휴가를 얻어 산 넘어 회룡굴로 설생을 찾아갔는데, 그곳은 이미 연못이 되어 버렸다. 설생이 어디로 갔는지는 아무도 몰랐다. 추탄공은 몹시 탄식하고 슬퍼하며 돌아왔다고 한다.

나는 설생의 이야기를 사천 이병연에게 듣고 이와 같이 기록하였다. 그 후 상서 오도일(吳道一)이 지은 『서파집』(西坡集)을 보았더니 거기에도 「설생전」이 실려 있는데 나의 기록과 크게 다르지 않았다. 설생은 동방의 이인이 아니겠는가! 이 일은 마땅히 후세에 길이 전해야 하리라. 오도일은 추탄공의 손자이다.

설생은 광해군이 동생 영창대군을 죽이고 그 어머니 인목대비를 유폐시킨 일을 보고서 현실에 환멸을 느끼고 지체 없이 은거한 이인이다. 설생의 비범함은 그의 벗 오윤겸의 궤적과 대비되면서 더욱 부각된다. 그런데 이 이야기 속 설생은, 보통의 은거한 불우지사(不遇之士)와는 달리 화려하고 유회적인 삶을 즐기며 살아간다. 산중에서 화려한 연회를 베풀고 미녀 여럿을 첩으로 삼아 지내는 그의 모습은 우리가 일반적으로 생각하는 '은자의 삶'과는 거리가 멀다. 그러므로 이 작품은 원래 떠돌던 '설생 이야기'에 세속적 욕망을 긍정하는 시각이 덧붙여진 것이다. 이는 서파(西坡) 오도일(吳道一, 1645~1703)이 「설생전」에서 담박한 은자의 삶을 그리는 데 초점을 맞춘 것과 좋은 대조를 이룬다.

정북창

북창(北窓) 정렴(鄭磏)은 양주(楊州) 괘라리(掛蘿里)에서 문을 닫아걸고 10여 년 동안 수양했다. 어느 날 저녁 기(氣)가 얼굴로 올라 대추처럼 붉어졌는데, 그는 한사코 똑바로 정좌하기를 고집했다. 자제들이 늘어앉아 걱정하며 어쩔 줄 몰라 하자 정렴은 모두 밖으로 내쫓았다. 자제 중 하나가 창호지에 구멍을 뚫어 살짝 엿보니 정렴이 또 꾸짖으며 말했다.

"나가 있으라 했거늘 또 어찌 엿봐서 나를 방해하느냐?"

그 사람은 얼른 그만두었다.

자제들이 마루에 둘러앉아 있다가 여종 하나를 시켜 약을 달여 들여보냈다. 그런데 여종이 갑자기 놀라 소리를 질렀다.

"허공을 보세요!"

여러 사람이 눈을 들어 보니 정렴이 공중에 서 있는데 옥처럼 밝고 환한 얼굴로 둥둥 떠오르더니 이윽고 구름 사이로 들어가 아득히 보이지 않았다. 사람들이 곧장 방에 들어가 살펴보니 정렴이 이부자리에 기대어 있는데 넋이 나간 모습이었다. 얼굴에 더 이상 붉은 기운이 없고 반짝반짝 윤기가 났다.

시신을 들어 관에 넣으려 하는데 너무 가벼워 마치 빈 옷 같았으니, 모두 정렴이 육체를 버리고 신선이 되었다는 것을 알게 되었다. 정렴의 외증손 상사 채덕윤(蔡德潤)이 들려준 이야기다.

정렴은 16세기 조선의 유명한 이인으로 매월당 김시습, 토정 이지함과 함께 조선의 3대 기인으로 꼽힌다. 열아홉 살에 과거에 급제하고 포천(抱川) 현감(縣監)을 지냈는데, 그 부친 정순붕(鄭順朋)이 을사사화(乙巳士禍)의 중심에 서자 물러나 양주 괘라리에 은거했다. 이곳은 지금의 경기도 남양주시 오남읍에 있던 마을이다.

정북창은 어릴 때부터 귀신과 소통할 줄 알았고, 방안에서도 가깝고 먼 곳에서 일어나는 일들을 훤히 내다보았으며, 각종 외국어는 물론 짐승의 말도 할 수 있었다고 한다. 재미난 설화가 많이 전하지만 여기서는 그가 선화(仙化)한 장면만 자세히 서술한바, 신선술에 대한 신돈복의 관심을 엿볼 수 있다.

김세휴

김세휴(金世庥)는 영변(寧邊) 사람이다. 일찍이 이인(異人)에게 수련법을 배워 추위도 솜옷을 입지 않고 배고파도 곡식을 먹지 않았다. 묘향산에 들어가 거의 사오십 년을 청량대(淸凉臺)와 설령(雪嶺) 사이에서 노닐었다. 평안도 사람들은 모두 그를 두고 신선이라 했으니, 그 경내에 들어가 김신선 집이 어딘지 물으면 나무하는 아이와 새참 나르는 아낙들 중에 손가락으로 가리켜 알려주지 않는 이가 없었다.

그의 풍모는 보통 사람보다 나은 게 없었지만 맑고 야위어 속된 모습이 없었다. 하루에 먹는 것이라고는 단지 솔잎 몇 숟갈을 맑은 물에 탄 것뿐이었다. 밤이 되면 새벽까지 꼿꼿이 앉아 자지 않았다. 오경(五更: 새벽 3~5시)이 되면 반드시 방에서 나와 뜰을 거닐다가 잠시 뒤에 살금살금 방에 들어가 행여 주변 사람들이 알까 조심했다.

또 운명을 미리 아는 데 정통하여 신기하게 맞추는 일이 많았다. 스스로 말하기를 『황정경』을 거의 9천여 번 읽었는데, 중비로[1]에 들어가서 만 번을 채우고 돌아오고 싶다고 했다. 나이가 예순 살 남짓이었는데 나막신을 신고 낭떠러지며 산꼭대기를 나

1_ 중비로(中毗盧): 평안북도 묘향산 천태봉 기슭의 골짜기.

는 듯이 재빠르게 다니니 중들이 신령처럼 떠받들었다. 신령하고 기이한 이야기를 많이 전했는데 모두 허황되어 이따금 숨겼다.

훗날 금강산 유점사[2]에 가 앉은 채로 신선이 되었다. 이듬해 그의 조카가 유해를 수습해 갔다. 나는 평강(平康) 임정원(任鼎元)에게 처음으로 김세휴에 대해 들었다. 그 후 안동 선비 권보(權莆)가 이상과 같이 자세한 이야기를 들려주었다.

벽곡법을 행한 평안도에 이름난 신선 김세휴를 다루었다. 여기서는 그가 『황정경』을 9천 번 읽었다고만 했는데, 그는 문유채와 마찬가지로 『황정경』에 주해를 달았던 듯하다. 그가 남긴 『황정경』이 신선술에 관심이 있던 홍백창에게 큰 영향을 주었다는 기록이 『동유기실』에 보인다. 김세휴에 대한 이 글은 훗날 『이향견문록』에도 실렸다.

2_ 유점사(楡岾寺): 강원도 고성군 서면 백천교리에 있던 절.

이계강

운봉(雲峰: 전라북도 남원)의 진사 안극권(安克權)이 들려준 이야기다.

일찍이 그는 몇 명의 소년들과 지리산에 놀러 간 적이 있는데, 함양(咸陽)의 군자사[1]에 이르자 절의 중이 이렇게 말했다.

"이곳에 기이하여 볼 만한 일이 있는데 진사께서는 보시렵니까?"

무엇이 그리 기이한지 안극권이 묻자 중이 말했다.

"이 절 아래 마을이 있는데 그 이름이 당평촌(堂坪村)입지요. 거기에 노인이 한 명 있는데 나이가 백오 세로, 몸이 아주 가볍고 정정한 지상선(地上仙)이랍니다."

안극권이 동행들과 함께 중이 손가락으로 가리킨 방향을 따라 그 집을 찾아갔더니 그곳에 반백의 노인이 있었다. 나이가 오륙십쯤 되어 보였는데 빗자루로 뜰을 쓸고 있었다.

안극권이 물었다.

"여기가 백 세 노인 댁입니까?"

"그렇소만."

1_ 군자사(君子寺): 지금의 함양군 마천면 군자리에 있던 절.

"백 세 노인을 뵙고 싶으니 고하여 주시지요."

노인은 그를 맞아들여 대청에 앉게 하고 곧장 방으로 들어갔다. 이윽고 붉은 갓에 홍색 허리띠 차림으로 정신을 가다듬고 나와 이렇게 말했다.

"내가 백 세 노인이오."

"백다섯 살이라던데, 정말입니까?"

"백두 살이오."

"머리가 반백이니 참으로 기이한 일입니다."

"칠팔십엔 머리가 몽땅 하얗게 세더니 백 살에 가까워진 뒤로 검은 머리가 무더기로 생겨 이렇게 회백색이 되었소."

그러고는 갓을 벗어 정수리를 보여 주는데 과연 검은 머리가 정수리를 빙 둘러 보기 좋았으며 정신과 근력이 조금도 쇠한 흔적이 없었다. 드시는 게 무엇인지 묻자 매일 술 한 되 그러니까 서너 사발을 마신다고 했다.

젊었을 적에 힘이 장사였고, 맏아들이 나이 팔십인데 벌써 등이 굽은 노인이며 장손도 나이 육십에 호호백발 노인이란다. 그 증손자들은 모두 나이가 삼사십 안팎이며 그들의 아들이 또 거의 100명이 된다. 노인은 아내가 있는데 나이가 팔십으로 후처였으며, 그다음 처도 두었는데 나이가 육십이었다. 백 살이 되었는데도 여전히 합방을 한다고 하였다.

안극권은 노인을 대단하게 여겨 어떻게 수련했는지 물었다.

그러자 이렇게 말했다.

"달리 하는 것도 없는데 자연히 건강해집디다. 나도 이상하오."

그 자손들이 모두 한마을에 줄줄이 사는데 대체로 부유하고 넉넉하여 맛좋은 술이며 안주를 앞 다투어 가져와 지극 정성으로 봉양했다. 노인은 전혀 근심 걱정 없이 자유롭게 스스로 즐기며 사니, 참으로 지상선이었다. 이름을 물었더니 그는 이렇게 말했다.

"이계강(李季江)이오."

안극권이 그를 만난 지 10년이 지났으니 이제 그가 살아 있는지 여부는 알 수 없지만 역시 세상에서 보기 드문 사람이다.

이계강은 인간 세상에 사는 신선인 '지상선'인데, 지상선은 도를 닦아 하늘로 오르는 '천선'(天仙)에 비해 한 단계 낮은 신선이다. 허균(許筠: 1569~1618)의 「남궁선생전」(南宮先生傳)에서도 지상선을 다룬 바 있다. 그런데 허균의 작품 속 지상선이 홀로 오래 살아

쓸쓸하고 외로운 존재로 그려졌다면, 이계강은 오래 살면서도 더할 나위 없이 행복한 삶을 사는 것으로 묘사되어 대조된다. 더구나 별도의 수련 없이 저절로 무병장수했다 하니 당시에 선망의 대상이 될 만하다.

남추

　남추(南越)는 중종(中宗) 때 사람으로, 그 집안은 대대로 고위 관료를 배출했다. 그는 나이 열아홉에 과거에 급제하여 관직이 성균관 전적(典籍)에 그쳤으나 대제학으로 천거되었다.

　그는 어릴 때부터 기이한 행적이 많았다. 글방 선생에게 글을 배운다면서 매일 아침 일찍 책을 끼고 나갔는데 실은 글방엔 가지 않았다. 그래서 집안사람들이 몰래 뒤를 밟았는데, 그가 중간에 숲속으로 들어가는 것이었다. 숲속에는 정사(精舍)가 한 채 있고 거기에 어떤 사람이 있었는데 맑고 깨끗하여 속된 기운이 없었다. 남추는 반드시 그 집에 들어가 그 사람에게 공부를 배우고 질정을 받아 해가 지고 난 뒤에야 집에 돌아왔다. 집안사람들이 물었으나 남추는 딱 부러지게 대답하지 않았다. 그 후 그는 연단법을 배웠다.

　그는 과거에 급제한 후 기묘사화를 만나 곡성(谷城)으로 귀양을 가게 되어, 그곳에 집을 짓고 살았다. 하루는 노비를 시켜 편지를 가지고 지리산 청학동에 들어가게 했다. 노비가 산에 들어가서 보니 곱게 채색한 집이 매우 화려했는데 두 사람이 마주하여 바둑을 두고 있었다. 한 사람은 운관(雲冠: 신선이 쓰는 관)

에 자줏빛 옷을 입었는데 옥 같은 모습이 고왔다. 한 사람은 노승(老僧)이었는데 그 모습이 매우 예스럽고 굳셌다. 노비는 하루를 묵고 답신을 받아 돌아왔다. 처음 산에 들어갔을 때는 2월이라 풀이며 나무가 아직 자라지 않았는데, 산을 나온 것은 바로 9월 초여서 들에서 벼를 수확하고 있었다. 사람들은 모두 남추가 이제 신선이 되었음을 알게 되었다.

남추가 죽었을 때 나이가 서른이었다. 관을 들자 너무 가볍기에 집안사람들이 도로 관을 열어 보았더니 시신은 없고 관 뚜껑의 상판(上板)에 시 한 편이 적혀 있었다.

창해에선 배 지나간 자취 찾기 어렵고　滄海難尋舟去迹
청산에는 학 날아간 흔적 보이지 않네.　靑山不見鶴飛痕.

마을 앞에서 김매던 사람이 공중에서 천상의 음악이 낭랑하게 들리기에 우러러 보았더니, 남추가 흰 말을 타고 구름 속에 있었는데 둥실둥실하다가 한참 후 사라졌다고 한다. 그 후 3년 동안 공중에서 편지를 던져 집안사람들에게 보낸 것은 자주색 말이었는데, 3년 뒤에는 더 이상 편지가 없었다. 충주 진사 남대유(南大有)가 그 방손인데 내게 이런 이야길 해 주었다.

남추는 19세에 장원급제하였고 문장으로 명성을 날렸으나 기묘사화에 연루되어 물러나 영광(靈光)에 살았다. 성품이 강직하여 남곤(南袞) 앞에서 그를 비꼬는 시를 지었다. 이에 남곤이 크게 노하여 그와 절연했는데, 훗날 남추를 기묘사화에 엮은 이가 바로 남곤이다.

신선 중에 가장 높은 경지에 오르면 몸이 하늘로 오른다고 한다. 남추는 이 '비승'(飛昇)의 경지에 오른 신선이다. 그가 관 뚜껑에 남긴 시는, 넓은 세상에서 훌쩍 떠났으니 자신의 흔적을 더는 찾을 수 없으리라는 뜻을 담고 있다. 남추는 신선술과 문장에 두루 능하고 성품이 강직했음에도 사화에 연루되어 유배를 당하고 또 요절했다. 『학산한언』에는 불세출의 재주를 가졌으나 불우했던 신선의 기록이 다수 있다.

인간 원숭이

인간 원숭이

사신들이 바다로 명나라를 다닐 적의 일이다. 어떤 이름난 관리가 서장관[1]에 뽑혀 사행길에 올랐다. 큰 바다에 이르렀을 때 갑자기 풍랑을 만나 배가 몇 번이나 뒤집히려 했다. 그래서 바다 신에게 기도하고, 사신 이하 사람들의 이름을 적어 바다에 던졌다. 이름 적힌 종이가 가라앉는 사람은 배에서 내리기로 했다.

서장관의 이름을 던졌는데, 그것만 가라앉아 어쩔 수 없이 배에서 내리게 되었다. 근처에 섬이 하나 있어 거기에 정박하여 내려 주었다. 먹을 식량과 옷을 두둑이 남겨 두고 일행은 모두 통곡을 하며 인사하고 떠났다.

사신은 섬 가운데 석굴이 하나 있는 걸 보고 그곳에서 밤낮을 지냈다. 식량이 떨어지자 풀이며 뿌리까지 캐 먹었다. 시간이 흘러 더는 익힌 음식을 먹지 않으니, 온몸에 한 치 길이의 털이 돋아 마치 한 마리의 짐승같이 되었다. 물가에 조약돌 같은 게 있는 걸 보았는데, 윤기가 반들반들하고 찬란한 광채가 나 일곱 꾸러미 정도를 갖고 왔다. 그게 보물 구슬인지는 알지 못했다.

그 섬에서 18년을 살던 중 우연히 어떤 배가 그곳에 정박하게 되었다. 바로 우리나라 배였다. 사신이 사정을 이야기하니 그

1_ 서장관(書狀官): 중국에 사신을 갈 때 기록의 업무를 맡았던 사행 직으로 정사·부사와 함께 '3사'라 일컬어지는 매우 중요한 직책이었다.

를 태워 주었다. 그 배의 사람들은 그가 지닌 꾸러미가 보물 구슬인 줄 알아보고서 공모하여 사신을 묶어 혀를 자른 후 보물 구슬을 나눠 가졌다. 우두머리가 사신의 허리에 쇠밧줄을 묶어 두고 쇠 채찍으로 그를 때리며 마치 원숭이처럼 묶은 줄을 따라 춤추고 재주넘도록 가르쳤다. 그러고선 장터며 촌락을 돌아다니며 돈벌이로 삼았다.

어떤 절에 갔을 때 감사의 사위 아무개가 마침 지나가다 그를 보게 되었다. 사신은 갑자기 기가 막혀 기절했다. 구호해서 되살렸을 때는 날이 벌써 저물었다. 아무개는 등불을 들고 사신이 있는 곳을 찾아가 물었다.

"사람 같기는 한데, 대체 누구시오?"

사신은 손가락으로 손바닥에 글씨를 써 종이와 붓을 달라고 했다. 아무개가 종이와 붓을 주자, 사신은 글로 그간의 일을 상세하게 썼다. 사신은 바로 아무개의 아버지였다.

아무개는 기절했다가 일어나 달려 나갔다. 어떤 중이 감영에 이 일을 다 고하니, 감영에서 군졸을 내어 절을 찾아가 뱃사람과 그 일당을 잡아들이고 형벌에 처했다.

아무개는 아버지를 맞아들여 집으로 왔다. 어머니가 아직 살아 계셨다. 온 집안이 초상난 것처럼 슬피 통곡했다. 세월이 오래 지났는지라 집에 돌아가서도 다시 처와 함께 지내지 못했다.

혈혈단신의 몸으로 재물을 지니면 화를 불러들이는 법이다.

조선 후기에 꽤 널리 읽혔던 장한철(張漢喆, 1744~?)의 『표해록』(漂海錄)에 이 이야기와 비슷한 에피소드가 보이는데, 이 작품은 해당 대목에서 모티프를 얻어 각색된 듯하다. 구조 요청한 사람을 원숭이 꼴로 만들었다는 새로운 설정이 추가되어 이야기를 한층 끔찍하게 만들고, 그 지경이 된 서장관의 신원을 파악한 것이 다름 아닌 아들이라는 대목은 서사를 더욱 극적으로 처리한다. 인간의 물질적 탐욕이 불러일으킨 잔인성이 여실히 드러난다. 부(富)에 대한 욕망이 만연했던 당시 세태와 저자가 이에 대해 취한 입장을 엿볼 수 있다.

사람보다 인삼

영평(永平: 경기도 포천의 옛 지명)에 사는 백성 김 씨(金氏)는 인삼 채취를 생업으로 삼았다. 하루는 다른 두 사람과 함께 백운산 가장 깊은 곳에 들어갔다. 높이 올라 굽어보니 아래로 암벽이 있는데 사면(四面)은 깎아질러 마치 속이 움푹 들어간 그릇 같았는데 그 속에 인삼이 몹시 무성했다.

세 사람은 경탄과 기쁨을 이기지 못하는데 아무리 둘러보아도 그 속으로 들어갈 길이 없었다. 마침내 풀과 덩굴을 엮어 바구니를 만들고 칡 끈으로 맨 뒤에 김 씨를 그 가운데 앉히고 바구니를 밧줄에 매달아 아래로 내렸다. 김 씨가 내키는 대로 인삼을 열 몇 꾸러미를 채취하여 바구니에 넣어 두면 두 사람이 위에서 밧줄을 끌어 올렸다.

인삼을 거의 다 캐자 두 사람은 곧장 인삼을 나눠 가지더니 바구니를 버리고 떠나갔다. 김 씨는 다시는 올라갈 수 없었다. 사면을 둘러보니 깎아지른 절벽이 100여 척이나 되어 날개를 가지지 않고서는 나갈 방법이 없었다. 게다가 먹을 것도 없고 다만 남은 인삼을 캐서 먹을 수 있었는데, 개중에는 크기가 팔뚝만 한 것도 있었다. 화식(火食)을 안 한 지 6, 7일이 되자 기운이 펄펄

솟았다. 밤이면 바위 아래서 자며 백방으로 생각했지만 도무지 탈출할 방법이 없었다.

하루는 암벽 위를 바라보았는데 숲의 나무가 쓰러지고 비바람 소리가 나더니 이윽고 커다란 이무기 한 마리가 보였다. 대가리는 큼직한 항아리만 했고 두 눈은 횃불처럼 번쩍였다. 이무기는 구불구불 아래로 내려와 김 씨가 누워 있는 곳으로 곧장 달려들었다. 김 씨는 반드시 죽겠구나 싶었다.

이윽고 이무기는 김 씨 앞을 비껴 지나가더니 예전에 바구니를 내렸던 벽을 곧장 타고 올라갔다. 그 길이가 10여 척은 되어 보였는데, 이무기는 김 씨 앞에서 꼬리를 끊임없이 흔들었다.

김 씨는 생각했다.

'이 이무기가 사람을 보고도 잡아먹지 않고 이렇게 꼬리를 흔들어대니 혹시 나를 구해 주려는 게 아닐까?'

그래서 마침내 허리띠를 풀어 이무기의 꼬리에 단단히 매고서 그 위에 올라 엎드려 꽉 잡았다. 이무기가 꼬리를 한 번 휘두르자 어느새 그의 몸은 이미 암벽 위에 있었고, 이무기는 숲으로 들어가 어디로 갔는지 알 수 없었다.

김 씨는 그 이무기가 신령한 동물이라며 기이하게 여겼다. 그러고는 마침내 왔던 길을 찾아 산을 내려왔는데 두 사람이 모두 큰 나무 아래 웅크리고 앉아 있었다. 김 씨가 멀리서 외쳤다.

"자네들 아직 여기 있었나?"

두 사람은 아무 답이 없었다. 앞에 가서 보니 둘 다 죽은 지 이미 오래였고, 인삼은 하나도 빠짐없이 그대로 있었다. 김 씨는 사정을 알 길이 없어 산을 내려온 뒤에 두 사람의 집에 가서 이렇게 말했다.

"저는 애초에 두 사람과 인삼을 캐다 함께 돌아왔는데, 도중에 갑자기 그 두 사람이 구토를 하더니 모두 죽어 버렸습니다. 혹시 독물(毒物)을 잘못 먹은 듯싶습니다. 캔 삼을 비록 똑같이 나누긴 했지만 제가 어찌 차마 가질 수 있겠습니까?"

그러고는 인삼을 두 집에 모두 나누어 주어 장례 치르는 데 쓰도록 하고 자신은 하나도 갖지 않았다. 그리고 입을 꼭 다물고 이 일에 대해서는 한마디도 하지 않았다. 두 사람의 집에서는 평소 김 씨를 믿고 있던 터라 모두 의심하지 않았고 시신을 수습하여 장례를 잘 치렀다.

그 후 김 씨는 나이가 구십을 넘기도록 소년처럼 건장했다. 아들 다섯이 있었는데 모두 곡식을 쌓아 두고 부유하게 살았으며 손자와 증손자들이 번성하여 고을의 으뜸이었다. 이들은 본래 이담석(李聃錫) 집안의 종이었는데 모두 속량되어 양인(良人)이 되었다.

김 씨는 나이가 거의 100살에 가까웠는데 병 없이 죽었다.

임종 때 비로소 여러 자손들에게 지난 일을 이야기하며 이렇게 말했다.

"무릇 사람의 생사(生死)와 빈부(貧富)는 천지신명이 모두 굽어 살피신단다. 너희들은 절대 그 두 사람처럼 그릇된 생각을 품어 신명의 노여움을 사지 말거라."

조선 후기 대외 무역이 활발해지면서 인삼은 최고의 수출품이 되었다. 인삼은 곧 재물이나 다름없었다. 심마니 두 사람이 동료를 배반하고 인삼을 취한 데서 재물에 눈이 어두워 비정해진 인간상을 엿볼 수 있다.

한편, 비정한 두 심마니에 비해 주인공 김 씨는 선량한 마음을 거두지 않았다. 자신을 죽음의 위기에 몰아갔던 두 사람을 다시 조우하자 반갑게 말을 건네는 장면, 또 그들의 집에 실상을 고하지 않고 그 허물을 덮어 줄 뿐 아니라 인삼을 모두 나누어 준 모습을 통해 김 씨의 어질고 관대한 마음씨가 잘 드러난다.

인삼 대상(大商)

광해군 때 서울에 대상(大商)이 있었다. 항상 북경(北京)을 오가며 무역을 했는데, 호탕하고 낭비벽이 있어 평안도 감영(監營)에 은 7만 냥을 빚졌다. 감영에 갇혔다 풀려났다 하면서 고생 끝에 가까스로 5만 냥은 갚았으나 여전히 2만 냥의 빚이 남아 있었다.

이때 평안도 관찰사가 그를 옥에 가두고 빚 갚기를 독촉했으나, 그는 집안 살림이 거덜 난 탓에 도저히 어떻게 할 수가 없었다. 그래서 상인은 옥 안에서 상소를 올렸다.

"제 몸이 이미 옥에 묶여 있어 그저 죽을 수밖에 없으니, 이것은 관아에도 저에게도 모두 무익합니다. 제게 2만 냥을 더 빌려주시면 2년 안에 4만 냥을 몽땅 갚아 털끝만큼도 속이지 않겠습니다."

관찰사는 그 뜻이 장하고 그 말이 기특하여 2만 냥의 은을 내주었다.

상인은 즉시 바닷가의 여러 고을로 가서 의주(義州)에서부터 시작하여 부잣집을 찾아다녔다. 그 가까운 곳에 집을 사들인 뒤에 화려한 차림에 살진 말을 타고 오기도 하고 머물기도 하면서 부자들과 모두 친한 관계를 맺었다. 맛난 음식과 좋은 술을 장만해 함께 먹고 마시니 부자들이 모두 그에게 마음을 쏟아 몹시 애지중지했다.

그러자 그는 뛰어난 언변으로 그들에게 은전(銀錢)을 빌렸으니 많게는 100금이요 적게는 수십 금이었다. 기한을 정해 돌려주기로 약속했는데, 약속한 기한이 되면 즉시 갚아 조금도 지체하는 법이 없었다. 관서 지방에 은화로 돈놀이를 하는 집이 백으로 헤아려졌는데 상인은 돌아가면서 빌리고 갚기를 거의 1년 동안 하여 조금도 속임이 없었다. 그래서 여러 부자들은 그를 더욱더 크게 신뢰하게 되었고, 그만큼 그는 은화를 많이 빌릴 수 있었다. 그래서 그는 또 육칠만 냥으로 인삼과 담비 가죽을 몽땅 사들이고, 이어서 그 남은 돈으로는 건장한 말을 많이 사서 물건을 모두 실은 뒤에 다시 북경으로 갔다.

북경에서 옛날부터 알고 지내던 대상 역시 의리 있는 사람이었다. 상인은 그를 이렇게 설득했다.

"이 물건을 갖고 남경(南京)으로 간다면 응당 백 배의 이문을 남길 걸세. 사나이가 일을 벌여 성공하면 하늘로 올라가고 망하면 땅으로 들어갈 뿐이지. 자네와 나는 서로 마음을 아니 나를 따를 수 있겠지?"

북경의 상인은 옳거니 하고 흔쾌히 허락했다. 상인은 마침

내 북경 상인과 함께 튼튼한 배를 한 척 빌려 물건을 싣고 통주[1]
에서 출발했다. 순풍을 만나 열흘도 되기 전에 양자강(揚子江)에
도착했는데 어떤 중국 사람이 작은 배를 몰며 상선(商船)을 노략
질하고 지나갔다.

상인은 즉시 건장한 뱃사람 몇 명과 함께 쪽배를 타고 추격
하여 그 작은 배에 쳐들어가 그 사람을 결박하여 데리고 돌아왔
다. 그 뒤 결박을 풀어주고 수로의 방향, 시장 물건의 가격과 인
심의 동향, 금지 품목의 경중, 도적의 유무 등을 자세하게 물어
살핀 뒤에 또 그 사람에게 물건을 넉넉히 주어 그의 환심을 사니
그 사람이 몹시 감사했다. 상인이 또 일이 잘되면 응당 후하게 보
답하겠다고 하자, 그 사람도 상인을 위해 목숨을 바치겠다고 하
늘에 맹세했다. 드디어 양자강에서 조수(潮水)를 타고 들어가 곧
장 석두성[2] 아래에 갔다. 그 중국 사람의 집이 강변에 있기에 마
침내 바위 아래에 정박했다.

이튿날 상인은 책략에 뛰어난 뱃사람 몇 명을 이끌고 중국인
의 옷을 입고 그 중국 사람을 따라 남경으로 들어갔다. 성(城)에
는 10리에 걸쳐 누대가 서 있고 주렴 장막이 쳐 있었는데, 모두
상점으로 보화가 산더미처럼 쌓여 있었다.

중국 사람이 상인을 이끌고 어떤 약방으로 들어가 '이 사람
은 조선 사람인데 귀중한 물건을 가지고 와서 몰래 매매할 수 있

1_ 통주(通州): 북경의 동쪽에 위치하며, 운하가 있어 북경을 드나드는 화물이 이곳에 모인다.
2_ 석두성(石頭城): 중국 남경에 있는 성. 한(漢)나라 때 석두산(石頭山)에 쌓은 성이다.

으니 발설하지 마십시오'라며 소상히 말했다.

약방 주인은 몹시 기뻐하며 같은 계(契)의 부자를 맞아들여 물건을 거래할 날짜를 정했다.

상인은 돌아와서 인삼과 담비 가죽을 가져다 약방 앞에 죽 늘어놓으니, 하나하나가 정갈한 새 물건이었다. 남경의 약방에서는 평소에 조선 인삼을 중히 여기는지라 약방 주인은 조선에서보다 십 수 배는 더 되는 가격으로 물건을 팔았다. 이에 상인은 큰 이윤을 남겨 중국 사람에게 톡톡히 보답했다. 북경으로 돌아와서는 수천 금을 북경 상인에게 주고, 또 뱃사람 10여 명에게 각각 천 금씩 나누어 주었다.

그는 드디어 조선으로 돌아와 불과 몇 개월 만에 감영에 은 4만 냥을 상환하고, 바닷가 마을 부자들에게도 이자를 쳐주어 한 명도 빠짐없이 돈을 갚았다. 자신은 그러고 남은 재물 수만 금을 가졌다. 그러고는 마침내 관찰사를 찾아가 지금까지의 사연을 아뢰고, 남경의 물품 중 정채롭고 귀한 것을 말 다섯 마리에 실어 드렸다.

관찰사가 몹시 기이하게 여겨 감탄하며 말했다.

"이 사람은 참으로 큰 영웅이니, 내가 사람을 잘못 보지 않았구나."

그 후 관찰사가 그를 재상에게 천거하여 그는 몇 차례 진영장3_을 지냈다고 한다.

나는 이렇게 평한다.

이 상인은 정말로 훌륭하니, 화원의 늙은 병사4_와 같은 부류다. 그가 7만 냥을 빚졌던 것을 보면, 그는 매우 방탕하여 구속을 싫어했을 터이다. 병사는 사지(死地)에 빠진 뒤에야 살게 마련이다. 그의 지혜와 용기를 보건대 장수일 것이다. 하지만 그가 사지에 빠지지 않았다면 어떻게 이런 일을 이룰 수 있었겠는가?

해외 무역이 활발하던 조선 후기를 배경으로, 한 상인의 규모가 큰 무역 활동을 실감 나게 보여 준다. 주인공이 평양을 거쳐 의주와 북경, 남경에서 뛰어난 사업가적 수완을 발휘하는 과정이 당시 부를 쌓던 구체적 방법과 함께 잘 묘사되어 있다.

상인은 때로는 애걸하고 때로는 겁박하면서 사람의 마음을 사로잡는다. 그러면서 순환 대출로 부자들의 신임을 얻고, 매점매석으로 사업에 큰 성공을 거두어 치부(致富)한다. 인심과 이재(利財)에 밝은 인물이다.

3_ 진영장(鎭營將): 각 도에 파견한 지방 군대를 관할하기 위해 설치한 진영의 우두머리. 정3품 벼슬이다.

4_ 화원(花園)의 늙은 병사: 남송(南宋)의 장수 장준(張俊, 1086~1154) 휘하에 있던 늙은 병사. 장준은 화원에서 우연히 이 병사를 만났는데, 그가 장사에 능하다는 말을 듣고 금 50만 냥을 빌려주었다. 그러자 병사는 1년 후 수십 배의 이익을 거두어 돌아왔다.

다만 신돈복의 평대로 그에게 옥에 갇힌 위기가 없었다면 이처럼 빼어난 자질을 발휘할 기회가 없었을지 모른다.

도둑의 참회

찰방 허정(許梃)은 창해공[1]의 조카다. 풍채가 늠름하고 의기가 드높아 이름난 공경대부 중에 그에게 몸을 낮추지 않는 이가 없었고, 평천군(平川君) 신완(申琬)은 항상 그를 부모처럼 섬겼다.

허 공(許公)이 일이 있어 관서 지방에 갔을 때였다. 돌아올 적에 새벽 일찍 출발했는데, 머물렀던 객점(客店)에서 아직 멀리 가기 전에 길가에 사슴 가죽 주머니가 떨어져 있는 게 갑자기 보였다. 허 공이 하인을 불러 가져오게 하여 그 안을 보니 수백 냥쯤 되는 은화가 있었다. 공은 주머니를 안장 위에 매달고 가서 객점에 이르자 밥을 다 먹고는 출발을 미루고 그대로 눌러앉았다. 그러고는 하인을 시켜 혹시 뭘 찾는 사람이 없는지 문밖에서 살피게 하였다.

정오가 지나 키 크고 건장한 사내 하나가 산뜻하고 화려한 옷차림에 살진 말을 타고 세차게 치달려 들어오더니,

"객점 안에 사슴 가죽 주머니를 주운 사람 있소이까? 후하게 내 보답하리다."

하고 객점에 있는 사람들 한 명 한 명에게 묻는데 당황해 어쩔

1_ 창해공(滄海公): 양사언(楊士彦, 1517~1584)을 가리킨다.

줄 모르는 기색이었다.

공이 듣고서 사내를 불러 잃어버린 물건이 무엇인지 물었다.

사내는 이렇게 말했다.

"주머니 안에 은화 삼백 냥이 있습니다. 제 안장에 묶어 두었는데, 말이 너무 사나워 이리저리 날뛰는 통에 부득불 말에서 내려 끌고 갔습니다. 주머니가 홀연히 땅에 떨어졌는데, 어디서 잃어버렸는지 모르겠습니다. 그래도 내가 간 길을 지나가던 사람이 주머니를 주웠으면 필시 이 객점에 머무를 테니, 그래서 한 번 물어보았습니다만 아무래도 찾을 수 없을 것 같습니다."

공은 주머니를 꺼내 주며 말했다.

"은화 삼백 냥은 적은 돈이 아니라 내 출발하지 않고 찾으러 올 사람을 기다렸네. 과연 자네를 만났으니 다행이야."

사내는 주머니를 받더니 몹시 감동하여 머리를 몇 번이나 조아리며 감사해했다. 그러고는 이렇게 청했다.

"어르신은 속세의 사람이 아니시군요. 이건 원래 잃어버렸던 물건이니 반을 나누어 드리겠습니다."

공이 웃으며 말했다.

"내가 만약 이걸로 이익을 보려 했다면 직접 가져가면 됐지, 뭐 하러 그대를 기다려 돌려줬겠습니까? 선비는 원래 그러는 게 아니니, 그대는 다시는 그런 말씀 마십시오."

그래도 사내가 돈 주기를 너무나도 간곡히 청하기에 공은 어쩔 수 없이 그를 꾸짖어 물리쳤다. 사내는 앉아서 주머니를 보며 한참 동안 묵묵히 있다가 갑자기 소리를 내어 크게 통곡하고 머리를 찧으며 애통하게 울부짖어 주변 사람들을 감동시켰다. 몹시 괴이하게 여겨 그 까닭을 물으니, 사내는 한참 후에야 통곡을 그치고 이렇게 대답했다.

"아아! 생원은 어떤 분이며 저는 어떤 사람입니까? 똑같이 이목구비가 있고, 똑같이 말과 행동을 하며 살아가는데 마음은 왜 다른 것입니까? 공은 이렇게 선하신데 저는 이렇게 악하군요! 생각이 여기에 미치니 어찌 크게 통곡하지 않을 수 있겠습니까?

저는 본래 도둑입니다. 여기서 수십 리 떨어진 곳에 부잣집이 있습니다. 저는 밤을 틈타 그 집에 들어가 이 은화를 훔쳤는데, 추적당할까 두려워 이 말에 싣고 산골짝 작은 길로 왔습니다. 당황한 나머지 허겁지겁 말을 달리는 통에 이 주머니를 단단히 맬 겨를도 없었지요. 큰길로 나오자 말이 또 이리저리 날뛰어 고삐를 잡고 달리느라 주머니를 떨어뜨려 잃어버린 줄도 몰랐습니다. 이때를 당하여 사특하고 악한 제 마음이 어땠겠습니까?

그런데 지금 어르신의 노복들이며 행장을 보니 몹시 곤궁해 보이는데도 이 주머니 보기를 똥처럼 하시고 주인을 찾아 돌려주셨습니다. 저를 어르신과 비교해 보니 부끄럽고 참담한 마음이 또 어떻겠습니까? 그래서 저도 모르게 통곡과 눈물이 동시에 터진 것입니다. 지금부터 이 마음을 단단히 고쳐먹겠으니, 부디 공의 종으로 일평생 삼아 주십시오."

공이 말했다.

"네가 허물을 고친 행동은 대단히 훌륭하니, 또 어떻게 그런 너를 종으로 삼겠느냐?"

도둑이 말했다.

"소인은 상민입니다. 제 마음을 이미 고쳤으니 공을 따르지 않으면 응당 누구를 따르겠습니까? 부디 거절하지 마십시오."

그러고는 공의 성씨와 고향을 묻고 다시 말했다.

"소인은 응당 원래 주인에게 은화를 돌려주고 처자식과 함께 공의 고향으로 가서 일을 도맡아 하면서 공의 행동을 본받아 개과천선해 보렵니다."

이렇게 말하고 나서 절하고 일어나 공의 노복들을 불러 주막에 가 술과 고기를 대접하고는 즉시 떠나갔다. 공도 출발했다. 며칠 후 송도(松都) 판문점(板門店)에 도착했는데, 그 사내가 아내와 아이 하나를 데리고 와 있었다. 말 두 마리에 집안 살림을 실은 채였다. 공이 참으로 기특하게 여겨 은화를 어떻게 처리했는지 물으니 이렇게 대답했다.

"곧장 그 집에 가서 주인을 불러내 돌려줬습니다."

그 후 사내는 공을 따라 경기도 광주(廣州) 쌍다리 마을에 이르러 집을 짓고 행랑채에서 집안일을 성실히 돌봤다. 공이 출입할 때마다 항상 따라가니 그 충직함을 비할 만한 사람이 없었다. 공도 그를 몹시 아꼈다. 그러다 그 집에서 늙어 죽었는데 그 이름은 잊었다. 공의 외증손 이유걸(李維傑)이 이런 이야기를 해 주었다.

물질적 욕망이 들끓는 세태 속에서 정직하고 청렴한 모습을 지킨 허정은 도둑마저 절로 부끄럽게 만든다. 청렴한 선비의 모습에 도둑이 감화되는 일화는 민담의 형태로도 많이 전하는데, 이 작품은 도둑이 부끄러워 어쩔 줄 몰라 하는 장면과 참회하는 말이 자세하게 제시되어 인상적이다. 또한, 도둑이 개과천선하겠다고 다짐한 데서 이야기가 끝나지 않고 그가 광주에 살면서 허정을 평생 충직하게 섬겼다는 후일담이 구체적으로 드러나 있다.

과부에게 주는 금

부수(副帥) 김재해(金載海)는 학문으로 이름이 났다.

일찍이 집을 한 채 샀는데, 값이 오륙십 냥쯤 되었다. 그 집의 원래 주인은 과부였다. 김재해가 이사를 하고 보니 담장이 허물어져 있기에 다시 쌓기 위해 삽으로 파게 생겼는데 거기서 갑자기 구멍 뚫린 커다란 항아리가 나왔다. 그 안에는 돈이 100냥 남짓 들어 있었다.

김재해는 과부가 그 집의 원래 주인이라며 아내를 불러 과부에게 편지를 써 사정을 전하고, 금을 되돌려주게 하였다. 과부는 너무나 감격하면서도 한편으로는 이상하게 여겨 몸소 김재해의 집에 찾아가 이렇게 말했다.

"이것이 비록 제 옛날 집에서 나오긴 했지만 실은 아주 옛날부터 파묻혀 있던 물건이니, 저 역시 어찌 덮어놓고 제 것이라 하겠습니까? 귀댁과 반씩 나누는 게 어떨지요?"

김재해의 아내가 말했다.

"만약 반으로 나눌 마음이 있었으면 제가 바로 가졌지, 어찌 원래 주인에게 돌려드렸겠어요? 저도 그 돈이 부인 게 아닌 걸 알고 있습니다만, 제겐 바깥양반이 계셔서 집을 돌보기 충분

하여 이 물건이 없어도 가계를 유지할 수 있어요. 하지만 부인께
는 달리 가문을 보존할 사람이 없으니 누가 집안일을 돌보겠습
니까? 부디 사양하지 마셔요."

그러면서 굳이 사양하여 받지 않았다. 과부가 감히 다시 말
을 꺼내지 못하고 금을 갖고 돌아왔다. 그렇지만 김재해의 깊은
덕에 감격하여 죽을 때까지 잊지 않았다.

김재해는 경종이 세자일 적에 '부수'를 지낸 인물이다. '부수'는
조선 시대에 세자를 호위하는 임무를 담당했던 세자익위사의 벼슬
이름으로, 비록 무반이지만 학식과 덕망을 갖춘 이들로 구성되었다.
김재해가 횡재를 했음에도 금이 본디 자신의 소유가 아니라며 과부
에게 돌려준 데서 그의 덕망을 짐작할 수 있다.

김재해뿐 아니라 이 이야기에 등장하는 모든 인물들은 재물 앞
에서 품위를 지키는 양심적인 인간형으로 그려진다. 어렵게 사는 과
부는 김재해가 돌려준 금을 반씩 나누자고 청하고, 김재해의 처는
의지할 데 없는 과부의 처지를 안쓰럽게 여겨 그 청을 거절한다. 세
사람 모두 『학산한언』에 자주 나오는 속물적인 인간들과 대조된다.

사슴의 인의예지

고성(固城) 사람 김정신(金鼎臣)이 해 준 이야기다.

김정신은 사슴 사냥을 좋아하여 일찍이 총 쏘기를 익혀 사냥을 하였다. 하루는 깊은 산에 들어갔는데 사슴 떼 수십 마리가 오는 것이었다. 그가 얼른 높은 바위에 숨어 엎드려 지켜보니 사슴 무리가 평지에 이르자 큰 사슴 한 마리가 앞장서고 그 나머지는 차례차례 꼬리를 이어 행렬을 지었다. 큰 사슴이 홀연 소리를 내서 마치 선두가 큰 북을 친 것처럼 하면 나머지 사슴들이 따라서 화답하여 마치 작은 북을 친 것처럼 했으니, 높은 소리와 낮은 소리가 서로 호응하여 절로 박자를 이루었다.

큰 사슴이 또 앞다리를 휙 들어 굽혔다 돌았다 일어났다 엎드렸다 하며 지극히 신기하게 춤추는 모양을 하면 또 사슴들이 따라서 춤을 추어 북소리와 서로 맞았다. 그러더니 일시에 모두 몸을 번쩍 들더니 주둥이를 치며 더욱 신기한 모습으로 빙글빙글 몇 차례를 돌았다.

김정신은 사슴을 잡고 싶은 욕심에 즉시 총을 쏘아 그중 한 마리를 맞추니, 방아쇠를 당기자마자 사슴이 땅 위에 쓰러졌다.

그러자 여러 사슴들이 깜짝 놀라 오래도록 보고 있다가 쓰러진 사슴에게로 가 주둥이로 핥아 주었다. 쓰러진 사슴은 일어나지 못했고 선혈이 계속 쏟아져 나왔다. 그러자 여러 사슴들이 다투어 피를 빨아, 한편으로 피를 빨면서 한편으로 부축했다. 김정신이 다시 총을 쏘아 또 다른 사슴 한 마리를 맞추니 사슴들이 비로소 놀라 흩어져 줄지어 섰고, 다시 발포하자 그제야 모두 산산이 흩어져 냇물이며 언덕을 뛰어넘어 도망쳤다. 김정신은 비록 사슴 두 마리를 잡았지만 몹시 측은한 마음이 들었다고 한다.

나는 사슴들이 벗을 부르며 함께 즐거워한 것은 '인'(仁)이요, 순서대로 가서 차례로 가 있는 것은 '예'(禮)요, 상처 입은 벗을 보고 상처를 핥아 주고 피를 빨아 준 것은 '의'(義)요, 곧장 버리고 도망하지 않은 것은 '신'(信)이요, 닥쳐올 화를 알고 피한 것은 '지'(智)라고 생각한다. 아! 사람이면서도 짐승만 못해서야 되겠는가?

사슴은 그 뿔과 고기, 가죽이 모두 귀해서 예로부터 사냥감으로 인기가 높았다. 사슴 사냥에 관한 글이 대개 인간의 사냥 솜씨나 태도를 다루는 데 비해, 이 글은 사냥에서 사슴의 생태를 관찰하고 이를 통해 그 '인의예지'적 면모를 발견한다. 사슴을 통해 인간 자신을 돌아보게 하는 것이다. 우두머리 수사슴을 따라 무리 지어 다니는 사슴 떼의 움직임이 마치 영상처럼 찬찬히 묘사되어 재미를 더한다.

아홉 살 효자

이발(李墢)은 어렸을 때의 자(字)가 종희(宗犧)이다. 집은 본디 충청도 전의현¹⁻인데, 아홉 살에 온 집안이 병에 걸려 부모와 종들이 일시에 앓아누웠는데 유독 종희만은 멀쩡했다. 그 아비 이광국(李光國)은 아픈 지 오래되었으나 열이 내리지 않아 숨이 꽉 막혀 있는 것이 이틀째였다. 온몸이 차갑게 굳었으나 아무도 살펴줄 사람이 없었다.

종희는 홀로 병든 여종을 황급히 재촉해 일으켜 급히 미음을 끓이게 했다. 미음을 다 끓이자 칼로 약지를 잘랐다. 미음 사발로 피를 흘려 넣으니 사발이 시뻘건 피로 가득 찼다. 그러자 종희는 젓가락으로 아비의 이 사이를 벌린 다음, 휘휘 저어 피와 미음을 섞어 흘려 넣었다. 사발이 반쯤 비자 막혔던 숨이 희미하게 코와 입에서 나왔다. 종희는 놀라고 기뻐서 마침내 한 사발을 다 비우니, 그제야 아비는 깨어나 말소리를 내며 다행히 살아났다.

다음날 저녁 아비가 전처럼 또 숨이 막히자 종희는 울부짖으며 하늘에 기도하고 책상 위에서 또 여러 손가락을 마구 잘랐다. 피가 너무 많이 나 병든 종이 보더니 깜짝 놀라 소리를 지르며 그를 부축하여 끌어안았다. 종희는 황급히 손을 내저어 여종

1_ 전의현(全義縣): 지금의 세종시 전의면과 전동면 일대.

을 물리치고 집안사람들을 동요시키지 않게 했다. 그러고는 피를 죽에 섞어 또 한 사발을 올렸다.

막 죽을 올리는데 갑자기 방 안에서 말이 들렸다.

"종희야! 네 정성이 하늘을 감동시켰다. 저승에서 네 아비를 살리기로 허락했으니 너는 이제 마음을 놓고, 슬퍼하지 말거라."

병들어 누워 있는 집안의 남자와 여자 모두 그 소리를 듣고 이렇게 말했다.

"장단2- 생원의 목소리다."

장단 생원은 종희의 외조부 윤겸(尹槏)으로, 이미 오래전에 돌아가셨다.

종희의 아비는 마침내 살아나 열이 다 내리고 저녁 즈음에 완전히 소생했다. 그 어미도 이어서 다 나았다.

종희의 일을 칭찬하지 않는 사람이 없어 소문이 자자했다. 그래서 마을 사람들이 마침내 고을 사또에게 알리니, 사또는 몹시 기특해하며 그 효행을 감영에 낱낱이 알렸다. 이에 도백(道伯) 이성룡(李聖龍)이 상을 지급할 것을 명하고 다시 조정에 아뢰어 그 고을을 정려(旌閭)했다.

종희는 올해 서른두 살로 서울에 와서 살고 있다. 내가 일찍 이 그를 본 적이 있는데, 용모가 단정하고 깨끗하며 근엄하고 단아한 선비였다. 무릇 부모가 병들었을 때 손가락을 끊은 자는 많

2_ 장단(長湍): 지금의 경기도 파주 인근의 고을.

지만 지금 아홉 살 아이가 그 일을 하였다. 자기 목숨을 돌보지 않고, 명성이 알려질 것을 구하지 않고, 고통을 잊어 가며 순수하게 천성적인 효를 행했으니, 신명을 감동시켜 아비의 목숨을 연장시킨 것이 당연하다.

아홉 살 아이가 아버지의 병을 고치기 위해 손가락을 잘랐다는 이야기가 당시 미담으로 회자되었다. 자식이 낸 피로 병든 부모를 소생시키는 이야기는 조선 시대에 효자를 언급할 때 자주 등장한다. 효종(孝宗)도 아버지 인조(仁祖)가 병에 걸렸을 때 약에 자신의 손가락을 잘라 낸 피를 타서 올렸다고 한다. 자식의 피를 먹고 부모의 병을 치료하는 행위는 언뜻 지금의 상식으로는 이해하기 어렵지만, '핏줄'과 정성을 중시했던 옛날 관념에서는 설득력을 얻었던 듯하다.

부모님 무덤을 지키는 마음

성종 때 전라도 흥덕현 화룡리[1]에 오준(吳浚)이라는 사람이 살았는데 양반이었다. 어버이 섬기기를 지극히 효성스럽게 했는데, 부모가 돌아가시자 영취산[2]에 장사를 지내고 묘소 곁에 초막을 지어 매일 흰 죽 한 그릇을 먹으며 슬피 곡을 하고 우니 듣는 사람이 모두 눈물을 흘렸다.

제사를 지낼 때 항상 맑은 물을 올렸다. 초막에서 4~5리쯤 떨어진 산골짝에 샘이 있었는데 그 물이 지극히 맑고 달았다. 오준은 하루도 거르지 않고 몸소 물동이를 가지고 물을 길어 바람이 불건 비가 오건 덥건 춥건 조금도 게을리하지 않았다.

어느 날 저녁에 산속에서 무슨 소리가 나더니 천둥이 쳐서 온 산이 흔들렸다. 아침에 일어나보니 샘 한 줄기가 초막 옆에 솟았는데, 달고 깨끗한 맛이 마치 산골짝의 샘물과 꼭 같았다. 골짝의 샘물을 가서 보았더니 이미 말라 있었다. 이렇게 해서 그는 마침내 마당의 물을 길어다 써서 멀리 물 길으러 다니는 수고를 면했다. 마을 사람들이 그 샘을 '효성에 감동하여 생긴 샘'이라는 뜻의 효감천(孝感泉)이라고 불렀다.

오준의 초막은 깊은 산중에 있었는데 호랑이와 표범의 소굴

1_ 흥덕현(興德縣) 화룡리(化龍里): '화룡리'는 현재 전라북도 정읍시 소성면에 위치해 있었으며 '흥덕현'은 현재 전라북도 고창군 흥덕면 일대를 가리킨다. 두 지역은 몹시 인접해 있는데, 조선 시대에는 '화룡리'가 흥덕현 내부에 편입된 듯하다.
2_ 영취산(靈鷲山): 전라북도 장수군과 경상남도 함양에 걸쳐 있는 산.

이고 도적이 모인 곳이라 집안사람들이 몹시 걱정했다. 소상[3]이 지나고 하루는 갑자기 커다란 호랑이 한 마리가 무덤 앞에 웅크려 앉아 있는 것을 보고 오준은 호랑이를 타일러 말하였다.

"너는 나를 해치려 하느냐? 기왕 피할 수가 없을 바에는 너 하고 싶은 대로 맡기겠다만 나는 죄가 없다."

호랑이는 곧 꼬리를 흔들고 머리를 숙이더니 엎드려 꿇어앉아 마치 몹시 공경의 뜻을 보이는 것 같았다. 오준이 말했다.

"나를 해치지 않는다면 어째서 떠나지 않느냐?"

호랑이는 곧장 문밖으로 나가더니 엎드려 앉아 떠나지 않았다. 매일 이렇게 하니 마침내 쓰다듬고 놀아 주기를 마치 집에 기르는 개돼지처럼 대했다. 매달 초하루와 보름날이 되면 호랑이는 꼭 큰 사슴이나 산돼지 하나를 무덤 앞에 갖다 놓아 제사 음식으로 바쳤다. 1년 내내 이렇게 하기를 한 번도 거르지 않으니, 맹수와 도적이 호랑이 때문에 자취를 감추었다. 오준이 삼년상을 마치고 집에 돌아가자 호랑이도 비로소 떠났다.

그밖에 오준의 효성에 감응한 일이 매우 많지만 샘이 옮겨진 일과 호랑이가 지켜 준 일이 그중에서 특별히 가장 잘 알려진 것이다. 당시 전라도 관찰사가 조정에 이 일을 아뢰자 성종께서 특명을 내려 정려문을 세우고 비단 한 필을 내려 주었다. 오준은 나이 예순다섯에 죽었는데 사복 정에 증직되었다.[4] 이에 고을 사

3_ 소상(小祥): 사람이 죽은 지 1년 만에 지내는 제사.

4_ 사복 정(司僕正)에 증직(贈職)되었다: '사복 정'은 조선 시대에 왕궁의 말을 관리하던 사복시(司僕寺)의 책임자인 정3품 벼슬을 가리킨다. '증직'은 큰 공을 세운 관리나 뛰어난 효행이 있는 인물이 죽은 뒤에 관직을 높여 주는 것이다.

람들은 그를 향현사[5]에 제향(祭享)하였다.

영조께서는 즉위하신 후 요즘 서원의 폐단을 무척 근심하시어 갑오년(1714) 이후 지은 서원을 다 철폐하라는 명을 내리셨다. 그런데 흥덕현 유생들이 오준의 효행을 임금께 아뢰자, 그 사당만은 남겨 두라고 하셨으니 또한 드문 은전(恩典)이다. 그 사당이 다 허물어져 가매 오준의 후손 오태운(吳泰運)이 이 일을 성균관에 자세히 아뢰니, 성균관에서 흥덕현의 향교에 편지를 보내어 유생들로 하여금 힘을 모아 수리하도록 하였다.

나는 이런 이야기를 들었다.

후한(後漢) 때 촉(蜀) 사람 강시(姜詩)가 지극한 효성으로 어미를 봉양했다. 그 어미가 강물 마시기를 좋아하고 또 생선회를 좋아하니, 강시의 아내 방 씨(龐氏)는 집에서 6~7리 떨어져 있는 강에서 강물을 길어다 계속 드렸고 강시는 정성을 다해 회를 장만했다. 어느 날이었다. 집 옆에 문득 물맛이 좋은 샘이 솟았는데, 맛이 강물과 비슷했고 아침마다 잉어 한 쌍이 튀어 오르기에 강시는 그것으로 생선회를 해 바쳤다. 적미군[6]이 강시의 마을을 지날 때 무기를 거둬들이고 지나가며 말했다. "이렇게 지극히 효성스러운 사람을 놀라게 한다면 틀림없이 귀신의 노여움을 살 것이다." 광무제(光武帝)는 강시에게 낭중(郎中) 벼슬을 내렸다.

5_ 향현사(鄉賢祠): 고을의 어진 사람들의 위패를 모신 사당.
6_ 적미군(赤眉軍): 전한(前漢) 말기에 일어난 대규모 농민반란인 '적미의 난'의 군사들. 눈썹을 붉게 칠해 '적미군'이라 했다.

또 『패해습유』(稗海拾遺)를 보았는데 이런 이야기가 있었다.

조증(曺曾)은 노나라 지역7- 사람으로 부모님을 극진한 예로 섬겼다. 심한 가뭄이 들어 우물이 다 말라 버렸는데, 조증의 어머니가 맑고 단 물을 마시고 싶어 했다. 그래서 조증이 무릎을 꿇고 물병을 잡자 단 샘물이 절로 퐁퐁 솟아났다.

오준의 일은 이런 일들과 꼭 들어맞는다.

익(益)8-이 말하기를, "지극한 정성은 신명을 감동시킨다"라고 했고, 경전에는 이르기를, "정성을 바치면 감동하지 않는 사람이 없다"라고 했으니 정말 그러하다.

효감천은 지금까지 여전히 남아 있는데, 맑고 깨끗한 물이 솟아난다. 그래서 고을 사람들이 이를 아끼고 보살펴 그 주변에 돌을 쌓았다고 한다. 이는 우리나라가 개국한 이래로 지금껏 없던 일이니, 신기하고 신기하다.

효자 오준(吳浚)은 성종(成宗) 때 사람인데 그 이름이 조선 후기까지 널리 전했다. 이 글은 '효감천'과 호랑이 일화를 중심으로

7_ 노(魯)나라 지역: 춘추시대에 노나라가 있던 지역. 지금의 중국 산동성 곡부(曲阜).

8_ 익(益): 중국의 전설상의 충신. 우(禹)임금의 치수(治水)를 돕고 벼농사 보급에 공을 세웠다.

다루면서 중국의 비슷한 기록들을 함께 거론한다. 후한의 강시 내외 이야기는 『후한서』(後漢書) 권 114 「열녀전」(烈女傳)에 수록되었는데, 당시 수많은 이를 살상했던 적미군이 강시가 사는 마을만큼은 조용히 지나간 일화를 통해 이들 내외가 얼마나 효로 이름났는지 강조한다. 『패해습유』는 명나라 사람 상준(商濬)이 엮은 총서인데, 샘물이 절로 솟은 이야기를 담고 있어 오준의 일과 통한다. 끝으로 신돈복은 『서경』(書經)에 나오는 익(益)의 말과, 『맹자』(孟子) 「이루 상」(離婁上)의 구절을 들어 오준의 기이한 일이 실제 일어날 만한 것임을 강조한다.

신돈복은 이렇듯 중국 기록을 다양하게 언급함으로써 오준에게 일어난 기적에 설득력을 부여하는 한편, 조선의 아름다운 행실이 중국 고사 속 미담에 뒤지지 않는다는 자긍심을 보여 준다.

'효감천'은 지금도 볼 수 있는데, 전라북도의 기념물 제43호로서 전라북도 고창군 신림면 외화리에 위치해 있다.

채생의 늦깎이 공부법

중국에만 인재가 있나

세간에서 말하기를 우리나라 사람들은 쩨쩨해서 중국의 인재와 겨룰 수 없으니, 그 까닭은 산천(山川)이 크고 웅장한 운치가 없기 때문이라고 한다. 그러나 꼭 그렇지는 않은 듯하다.

우리나라 사람으로 중국에 들어가 이름을 날린 사람이 당나라 때 아주 많았다. 이를테면 연개소문의 아들 천남생, 백제 장군 흑치상지, 신라 왕자 김인문은 당나라 고종(高宗) 때 이름난 장수들이었다.[1] 당나라 현종(玄宗) 때에는 고선지, 왕사례, 왕모중[2]이 모두 고구려 사람으로 명성을 드날렸다. 문장이 빼어나다고 칭송되는 선비로는 문창후 최치원, 목은 이색, 익재 이제현 등이 당대에 이름을 드날렸고,[3] 방외인[4]으로는 신선이 된 김가기,[5] 성불(成佛)한 의천[6] 등이 모두 중국 사람의 전기(傳記)에

1_ 이를테면 연개소문(淵蓋蘇文)의~이름난 장수들이었다: 천남생(泉男生), 흑치상지(黑齒常之), 김인문(金仁問)은 각각 고구려, 백제, 신라 사람으로 모두 당나라에서 장수로 높은 지위에 올랐다. 천남생은 당나라와 연합해 고구려를 함락시켰고, 흑치상지는 백제 말 당나라의 위협을 받을 때 당나라에 투항했다. 김인문은 신라 김춘추(金春秋)의 아들로 당나라 황제를 호위하는 임무를 맡아 당 고종 밑에 있다가 백제와 고구려를 함락시킬 때 공을 세웠다.

2_ 고선지(高仙芝), 왕사례(王思禮), 왕모중(王毛仲): 모두 고구려 유민으로 당나라에서 장수로 이름을 떨쳤다. 고선지는 당나라 서역(西城) 원정에서 큰 공을 세워 파키스탄, 우즈베키스탄까지 진출했다. 왕사례는 안록산(安祿山)의 난을 진압하는 데 공을 세웠고, 왕모중은 현종을 옹립하는 데 공을 세워 높은 벼슬을 받았다.

3_ 문장이 빼어나다고~이름을 드날렸고: 문창후(文昌侯) 최치원(崔致遠)은 신라 사람으로 당나라에서, 익재(益齋) 이제현(李齊賢)과 목은(牧隱) 이색(李穡)은 고려 사람으로 원나라에서 문장으로 이름을 떨쳤다.

4_ 방외인(方外人): 세상 예법에 얽매이지 않은 사람. 승려, 은자(隱者), 도인(道人)을 가리킨다.

5_ 김가기(金可紀): ?~859. 신라 시대 당나라 유학생으로 빈공과에 급제했으나 사직하고 도교의 수련법을 닦아 승천했다.

6_ 의천(義天): 1055~1101. 고려 왕자로 송나라에서 불법(佛法)을 배웠다. 귀국하여 천태종을 개창했다.

실려 있다. 이런 사람들은 비록 '구석진 나라'에서 태어났지만 어찌 중국 사람만 못하겠는가?

또 김유신(金庾信), 을지문덕(乙支文德), 안시성의 장수,7- 강감찬(姜邯贊)과 같은 사람들도 모두 중화와 오랑캐에 이름을 떨쳤으니 불세출의 호걸이라 할 만하다. 세간에 전하는 말에 "중국 사람들이 말하길, 조선에는 천 리 되는 강이 없고 백 리 되는 벌판이 없으니, 이 때문에 영웅이 태어나지 않는다"고 하는데, 이제까지 말한 사람들은 유독 영웅이 아니란 말인가?

당나라의 이의선은 고구려 사람인데 이름을 '정기'(正己)로 고치고 당나라 대종(代宗) 때 제나라 땅 전체를 차지하여 그 아들 이납과 손자 이사고까지 이어가다가 이사도 때 되어서야 망했다.8- 이들은 비록 절도사로 발호한 자들이었지만, 조그만 땅을 품부받아 태어난 것은 아니다.

凧

지금도 가끔 언급되는, '우리나라는 땅이 좁아 인물이 시시하다'는 통설을 강력하게 부정한 글이다. 단순히 주장하는 데서 그치지 않고 삼국시대 각 분야의 걸출한 인물들을 소환하여 근거로 들

7_ 안시성(安市城)의 장수: 고구려 명장 양만춘(楊萬春)을 말한다. 당나라 태종(太宗)이 고구려 원정을 왔을 때 필사적으로 맞서 싸워 당나라 군사들을 퇴각시켰다. 이색의 시 「정관음」(貞觀吟)에 의하면, 양만춘이 화살을 쏘아 당 태종의 눈을 맞췄다고 한다.

8_ 당나라의 이의선(李依仙)은~되어서야 망했다: 이의선, 이납(李納), 이사고(李師古), 이사도(李師道)는 고구려 유민 출신의 절도사로서 당나라 때 산동성에서 큰 세력을 떨쳤다. '절도사'는 변경을 방비하기 위해 설치한 군사령관인데, 이들은 당나라 중앙 정권으로부터 독립적인 태도를 취하여, 사실상 산동성 일대에 소왕국을 세운 것이나 다름없었다.

었다.

이들 중에는 역사적 평가가 엇갈리는 인물도 적지 않으나 모두 불세출의 인재임이 분명하다. 당시 중국의 위상을 고려하면 조선의 인재가 중국에 맞먹는다는 자긍심이 빛나는데, 여기서 신돈복의 역사의식을 저류하던 '해동도가'(海東道家)의 의식이 다분히 느껴진다.

차천로의 시

차천로(車天輅)는 자(字)가 복원(復元)이며 그 아비 차식(車軾)은 화담 서경덕에게 수학하여 문장으로 이름을 떨쳤다. 차천로의 문장은 거침이 없고 도도했는데 시는 더욱 웅장하고 기이했다. 작품은 비록 잘 다듬어진 것과 거친 것이 섞여 있기는 했지만 즉석에서 만 마디를 막힘없이 쏟아 내니 대적할 자가 없었다.

선조(宣祖) 말에 명나라 사신 주지번[1]이 조선에 왔는데, 그는 강남의 재주 있는 선비로 평소에 풍류가 있어서 가는 곳마다 그가 지은 시문(詩文)이 빛나 사람들 입에 회자되었다. 이에 조정에서는 접빈사[2]를 선발하여, 월사(月沙) 이정귀(李廷龜)가 접반사(接伴使)가 되고 동악(東岳) 이안눌(李安訥)이 연위사(延慰使)가 되었으며 이들을 보좌하는 사람들도 모두 명문가 출신의 글솜씨 좋은 이들이었다.

그들은 국경에서부터 여러 고을을 지나는 길에 시를 수창하다 평양에 도착했다. 저녁이 되자 주지번은 평양과 관련된 옛일을 회고하는 오언율시로 100운(韻)을 접빈사들에게 내려 동이 트기 전까지 화답시를 지어 바치라고 명했다. 월사 이정귀가 몹시 근심하여 사람들을 다 모아 놓고 의논하니 모두 이렇게 말했다.

1_ 주지번(朱之蕃): ?~1624. 명나라 산동성 사평(茌平) 사람으로 1606년 조선에 사신으로 왔다. 문장과 글씨를 좋아하여 조선의 문인들과 글을 많이 주고받았으며 조선의 문장을 중국에 널리 알렸다.
2_ 접빈사(接賓使): 사신 접대를 맡은 벼슬아치.

"요즘은 밤이 짧으니 한 사람이 할 수 있는 일이 아닙니다. 각기 운을 나눠 지은 다음, 하나로 합쳐 한 편으로 만들면 아마 해낼 수 있을 듯합니다."

이정귀가 말했다.

"사람마다 각각 주제가 다를 테니 합쳐 놓으면 어떻게 말이 되겠는가? 한 사람에게 전적으로 맡기는 게 나을 것이니, 오직 차복원이 감당할 수 있을 거네."

마침내 차천로에게 그 일을 맡기니 차천로가 말했다.

"맛있는 술 한 동이와 큰 병풍 한 폭을 마련하고 한경홍(韓景洪: 한석봉)이 붓을 잡지 않으면 이 일은 할 수 없습니다."

이정귀가 명하여 모두 준비시켜 대청마루에 큰 병풍을 쳐 놓으니 차천로가 술을 수십 잔 들이켜고 병풍 안으로 들어갔다. 그러자 한석봉은 병풍 밖에 열 장을 가로로 이어 붙인 큰 화전지[3]를 펼쳐 놓고 붓을 적시고 기다렸다. 차천로가 병풍 안에서 쇠로 만든 서진(書鎭)으로 책상을 연달아 두드려 읊조리다가 소리 높여 큰 목소리로 창을 하더니 이렇게 말했다.

"경홍! 적으시게!"

그러더니 빼어난 구절이 줄줄이 나오는데 한석봉은 차천로가 불러 주는 대로 즉시 써 내려갔다. 이윽고 환호작약하는 소리가 진동하더니 차천로가 펄쩍펄쩍 뛰어 머리를 풀어헤친 알몸이

3_ 화전지(花箋紙): 시나 편지를 쓰는 종이.

병풍 위로 나왔다 들어갔다 했으니, 쏜살같은 매와 놀란 원숭이도 그에 갖다 댈 게 못 되었다. 그러는 가운데 입으로 부르는 말이 마치 물이 용솟음치고 바람이 부는 듯하여 한석봉의 붓놀림으로 미처 따라잡지 못했다. 그렇게 해서 한밤중이 되기 전에 오언율시 100운이 이미 완성되었다.

차천로가 크게 일성을 지르며 병풍을 박차고 넘어뜨리니 거칠 것 없는 알몸이었다. 여러 사람이 머리를 맞대고 그 시를 보고는 모두 신기하고 통쾌하게 여겨, 새벽닭이 울기도 전에 역관(譯官)을 불러 주지번에게 그 시를 바쳤다. 주지번이 즉시 일어나 등불을 들고 읽더니, 절반도 채 읽기 전에 부채를 탁탁 두들기니 부채가 다 부서졌는데 낭랑하게 시 읊는 소리가 바깥에까지 들려왔다.

동이 트자 주지번은 접빈사를 마주 대하고 칭찬을 그치지 않으니, 차천로의 호방한 시상(詩想)이 기이하고 씩씩한 것을 가상하게 여기고, 한석봉의 필법을 아꼈던 것이다. 이 일로 인해 주지번은 우리나라 사람을 매우 중하게 여겼으니, 조선의 문장이 중국에 크게 알려진 것은 실로 주지번 덕분인 점이 많다.

차천로의 시 솜씨는 정말로 세상에 드문 것이니, 다만 그의 경박함과 방탕함은 아마도 법도에 맞지 않다고 꾸짖을 만한 것이다. 그렇지만 이때를 당하여 중국의 요구에 응하기 위해서는 이런 사람의 도움을 받지 않을 수 없으니, 단점은 버리고 장점만 취하는 것이 솜씨 좋은 공인(工人)의 능력이 아니겠는가?

일설에 이런 말이 있다. 차천로가 하루는 월사 이정귀를 찾아갔다. 이정귀가 물었다.

"내 시가 어떠한가?"

"상공(相公)의 시는 태화산 꼭대기 옥정에 핀 연꽃4 같으며 반짝이는 해처럼 찬란하니 성대하고 아름다운 것을 이루 말할 수 없습니다."

이정귀는 기뻐하며 말했다.

"자네의 시는 어떠한가?"

"소인의 시는 백만 근의 쇠를 모아 만든 쇠망치 같아서 산이건 시내건 나무건 돌이건 막론하고 치달리며 마구 쳐서 산산조각 내지 못하는 게 없지요."

"그러면 옥정의 연꽃도 산산조각나겠군."

"이상할 거 없지요."

차천로가 자기 재주를 자부하여 거리낌 없이 큰소리친 게 이와 같았다. 지금도 속담에 몹시 경망스러운 사람을 두고 반드시 '차천남'(車天男)이라고 하니 차천로의 사람됨을 알 수 있다.

4_ 태화산(太華山) 꼭대기~핀 연꽃: 당나라 시인 한유(韓愈)의 시 「고의」(古意)에 나오는 표현이다. 태화산은 오악(五嶽) 중 하나인데, 이곳의 정상에는 옥정(玉井)이 있고 연꽃 천 송이가 피어 있으며, 이 연꽃을 먹으면 신선이 된다고 한다.

차천로(1556~1615)는 문장에 빼어났다. 일본에 사신으로 가 5천 수 가까운 시를 지었으며 명나라에 보내는 외교문서를 도맡아 썼다. 『구운몽』의 작가로 잘 알려진 김만중(金萬重, 1637~1692)이 쓴 『서포만필』(西浦漫筆)에 따르면 황진이, 서경덕, 박연폭포 이후에 한석봉의 글씨, 최립(崔岦, 1539~1612)의 문장, 그리고 차천로의 시가 '송도삼절'이라 칭해졌다 한다.

이 글에서는 까다로운 명나라 사신을 접대하느라 조선 관리들이 머리를 맞대고 고민한 대목이 눈길을 끈다. 접빈사로 거론된 이정귀(李廷龜, 1564~1635), 이안눌(李安訥, 1571~1637)은 모두 조선 중기 걸출했던 문장가들이다. 그럼에도 도도한 명나라 사신의 요구에 궁지에 몰려 '여러 사람이 나눠서 시구를 짓고 그 결과를 나중에 합치자'고 의논하는 장면 등은 쓴웃음을 짓게 한다. 일당백의 재주를 가진 차천로가 이 고민을 단번에 씻어 낸 일을 통쾌하게 그렸다.

한석봉의 글씨

한석봉[1]이 명나라로 가는 사신 일행을 따라 북경에 갔을 때의 일이다. 그때 중국의 어떤 재상(宰相)이 검은 비단으로 가리개를 제작하여 집무실에 걸어 놓고, 천하의 명필들을 불러 모아 글씨를 잘 쓰는 자에게 후한 상을 내리겠다고 하였다. 한석봉도 그곳에 갔는데, 가리개가 휘황찬란하게 빛났으며 서수필[2]이 유리그릇의 이금(泥金) 속에 적셔져 있었다. 거기에 글씨로 이름난 사람이 수십 명 있는데 서로 눈치만 볼 뿐 감히 나서는 자가 없었다.

한석봉이 필흥(筆興)이 마구 솟아 억제하지 못하고 앞으로 나아가 붓을 잡고 이금 속에 넣고 흔들다가 갑자기 붓을 휘둘러 흩뿌리니, 이금이 비단 가리개에 튀었다. 보는 사람들이 깜짝 놀라고 주인이 크게 노하자, 한석봉이 말했다.

"걱정 마십시오. 이래 뵈도 동방의 명필이라는 소리를 듣습니다."

그러고는 붓을 잡고 일어나 날렵하게 붓을 휘두르니 해서(楷書)와 초서(草書)가 섞여 그 모습이 더할 나위 없었다. 가리개에 튀었던 이금은 하나도 남김 없이 점획 속에 들어갔으니, 참으로 신묘하고 기이하여 도저히 형용할 수 없는 경지였다. 그래서 그

1_ 한석봉(韓石峯): 1543~1605. 조선 중기의 이름난 서예가. 이름은 호(濩), 자는 경홍(景洪)이 며 '석봉'은 그 호다. 본디 원문에는 '한호'라는 이름으로 적혀 있다. 서예의 모든 서체에 뛰어났다.
2_ 서수필(鼠鬚筆): 쥐 수염으로 만든 붓. 옛날 명필들이 많이 사용했다.

앞을 가득 채운 사람들이 모두 탄성을 뱉었다. 이에 주인은 몹시 기뻐해 잔치를 벌여 그를 대접하고 선물도 후하게 주었다. 이 일로 한석봉의 이름이 중국에 크게 알려졌다.

우리나라 사람이 필법을 잘 아는 중국 사람에게 안평대군³⁻과 한석봉의 글씨를 보여 주며 품평해 달라고 하자 그 사람은 다음과 같은 평을 적어 주었다.

"안평대군의 글씨는 마치 아홉 색깔 깃털의 봉황 새끼가 높은 하늘을 훨훨 나는 꿈을 가진 것과 같고, 한석봉의 글씨는 마치 천 년 묵은 늙은 여우가 조화의 자취를 훔치는 것과 같다."

선조(宣祖)가 한석봉의 글씨를 매우 아껴서 항상 글씨를 바치라 명하고 많은 상을 내렸으며 진기한 음식도 자주 하사하셨다. 이렇게 한석봉은 마침내 동방 제일의 명필이 되었다. 그러나 한석봉의 글씨는 결국 속기(俗氣)를 띠었으니 어찌 안평대군의 고상하고 빼어난 글씨만 하겠는가?

나는 일찍이 의정부의 큰 병풍을 본 적이 있는데 안평대군이 쓴 이백(李白)의 오언고시가 있었다. 글자가 큼직하여 시원스러운데, 호방하고 빼어나며 굳세고 화려했으니 봉황이 이미 늙어 하늘을 범했고 그저 꿈만 꾼 것이 아니었다. 농암 김창협⁴⁻ 공께서 "안평대군의 글씨는 서체(書體)는 송설이요, 필획은 종요나 왕희지를 본받았다"⁵⁻라고 했으니, 참으로 옳은 말씀이다. 한석봉의

3_ 안평대군(安平大君): 1418~1453. 세종대왕의 셋째 아들로 형인 수양대군의 손에 죽었다. 시와 그림, 서예에 모두 능했는데 특히 글씨에 빼어났다.

4_ 농암(農巖) 김창협(金昌協): 1651~1708. 조선 후기의 문인으로 김상헌의 증손자이고 김수항의 아들이다. 자는 중화(仲和), 호는 농암(農巖), 삼주(三洲). 기사환국 이후 평생 은거했다. 문장과 서예에 빼어났다.

5_ 안평대군의 글씨는~왕희지(王羲之)를 본받았다: 송설(松雪), 종요(鍾繇), 왕희지는 모두 중국의 이름난 서예가들이다. 이 구절은 김창협의 『농암잡지』(農岩雜識)에 보인다.

글씨에 어찌 종요와 왕희지의 필획이 있겠는가?

명나라 부호의 호화로운 도구에 주눅 들지 않고 흥을 내어 단숨에 글씨를 써 내려간 한석봉의 호쾌한 모습이 그려진다. 그런데 그다음에 안평대군의 서체가 '하늘을 범한 봉황'인 데 비해 한석봉의 서체는 '천 년 묵은 여우'라고 하여 그 수준을 낮추어 평가하고 있다.

안평대군은 예술, 문학, 학문에 두루 능했는데 특히 글씨로 이름이 났다. 이 글에 나온 대로 '송설', 즉 조맹부(趙孟頫)의 서체를 본받았으나, 독자적으로 발전시켰다. 중국 사신에게 써 준 안평대군의 글씨를 당시 명나라 황제가 보고 극찬했다는 기록이 최항(崔恒)의 「비해당시축서」(匪懈堂詩軸序)에 보인다. 그러나 안평대군은 숙부인 수양대군과 정치적으로 대립하다가 죽임을 당한바 그의 글씨는 다수 사라졌다. 여기 소개된 글씨도 현재는 전하지 않는다.

겸재 정선의 그림

겸재(謙齋) 정선(鄭敾)은 자(字)가 원백(元伯)인데 그림을 잘 그렸고 특히 산수화에 뛰어났다. 세상에서 근 300년 이래 그림의 절품(絶品)으로 일컬어져 그의 산수화를 구하는 사람이 끊이지 않는데, 그는 그에 응하기를 게을리하지 않았다. 나 또한 그와 북촌(北村) 한동네에 사는 덕에 그의 산수화 30여 장을 얻어 항상 보배처럼 아낀다.

하루는 내가 사천 이병연 공을 찾아갔는데 선반 위를 보니 책갑에 싸인 중국 책이 벽을 빙 두르고 있었다. 내가 물었다.

"어르신께서는 중국 책이 어쩜 이리도 많습니까?"

이 공이 웃으며 말했다.

"이게 천오백 권이 되는데 다 내가 스스로 마련한 걸세."

잠시 후 또 말했다.

"이게 모두 정원백에게서 나온 건 줄 누가 알겠나? 북경의 화사(畫肆: 그림 가게)에서는 원백의 그림을 매우 귀하게 여겨서 아무리 손바닥만 한 조각 종이의 그림이라도 비싼 값에 팔리지 않는 게 없다네. 나는 원백과 제일 친한 덕에 그의 그림을 가장 많이 얻었지. 매번 북경에 사신이 행차할 때마다 나는 크기를 따지지 않고 그의 그림을 건네주면서 그걸로 볼만한 책을 사 달라고 부탁했네. 그래서 이렇게 책을 많이 구비할 수 있었네."

나는 비로소 중국 사람은 진정으로 그림을 볼 줄 알아 우리나라 사람이 한갓 명성만 취하는 것과는 다르다는 걸 알았다.

또 한 친지에게 이런 이야기를 들었다. 중인 집안의 비단 치마 하나가 마침 겸재 집에 있었는데 고기 국물이 묻어 안채에서 몹시 근심했다. 겸재가 그 치마를 가져오게 하여 보니 얼룩이 꽤 컸다. 겸재는 즉시 그 주름을 펴고 얼룩진 부위를 빨아 사랑방에 보관하도록 했다.

하루는 날씨가 아주 맑고 상쾌하여 화흥(畵興)이 크게 일자 겸재는 채연(彩硯: 물감을 푸는 벼루)을 꺼내고 치마폭을 펼쳐 그 가운데 금강산을 커다랗게 그렸는데 찬란하고 섬세하며 정채(精彩)롭고 생동감이 넘쳤다. 두 폭이 남아 있기에 그는 다시 해금강(海金剛)을 그렸는데 지극히 기묘했으니 참으로 보기 드문 보배였다.

그 뒤 비단 치마의 주인이 오자 겸재는 말했다.

"내 마침 화흥이 올랐는데 좋은 그림 바탕이 없는 것을 아쉬워하던 차에 자네 집 비단 치마가 우리 집에 와 있다는 말을 듣고 그걸 가져다가 화본(畵本)으로 삼아 금강산 일만 이천 봉을 거기에 옮겨 놓았지. 자네 집안 부녀(婦女)가 필시 깜짝 놀랄 텐데 어쩌면 좋나?"

그 사람도 그림을 볼 줄 아는지라 기쁨을 이기지 못하고 그 치마를 갖고 돌아가 진수성찬을 성대하게 차려 보냈다. 그중 큰 그림은 보관하여 가보(家寶)로 삼고 나머지 두 폭은 사신 행차를 따라 북경으로 들어갈 때 가지고 가서 중국 화사를 찾아갔다. 그 림을 갖고 갔을 때 마침 청성산(靑城山)에서 온 사천(四川) 지역 의 중이 그걸 보고는 매우 감탄하며 보기 드문 보배라고 칭찬하 더니 이렇게 말했다.

"지금 막 새 사찰을 지었는데 이것을 공물(供物)로 올리고자 하오니, 엎드려 바라건대 은 백 냥에 이 그림을 샀으면 합니다."

그 사람이 승낙하고 값을 받으려는 찰나에 또 남경(南京)의 한 선비가 그 그림을 보고 말했다.

"내가 이십 냥 더 얹어 드릴 테니 내게 파시오."

중이 버럭 화를 내며 말했다.

"내가 벌써 가격을 정하여 거래가 다 끝났는데 어찌 선비가 이렇듯 이익을 보고 의리를 잊는단 말이오? 나도 삼십 냥 더 쳐 주겠소."

그러고는 백삼십 냥을 내고 그 그림을 가져다 불 속에 던지 며 이렇게 말했다.

"세도(世道)와 인심이 이 지경이 되었구나. 이 그림을 탐낸다면 저 사람과 뭐가 다르겠는가?"

그러고는 마침내 옷을 떨치며 일어났다. 그림 주인도 130냥을 갖지 않고 다만 50냥만 가지고 돌아왔다.

나는 이 이야기를 겸재에게 물어본 적이 있다.

"이런 일이 진짜 있었는가?"

"그렇게까지야 했겠습니까?"

그렇지만 깊이 따지지 않는 것으로 보아 필시 실제 있었던 일 같다.

또 어느 날 겸재가 이른 새벽에 일어났는데 홀연 어떤 사람이 와서 문을 두드렸다. 맞이해 들이고 보니 친한 역관(譯官)이었다. 아름다운 부채 하나를 가지고 와서 바치며 이렇게 말했다.

"지금 북경에 가게 되어 인사드리러 왔습니다. 공께서 잠시 붓을 휘둘러 저에게 먼 길 가는 선물로 주신다면 정말 다행이겠습니다."

이때 동창이 이미 밝아 아침 기운이 매우 상쾌했다. 이에 겸재는 일어나 그림을 그렸다. 바다에 물결이 날리니 거센 물거품이 용솟음치고 팽배하는 가운데 조그만 배 한 척이 그 물결 한쪽 구석에 있는데, 돛이 반쯤 돌아갔다. 보고 있자니 아득했다. 역관은 감사 인사를 드리고 떠났다. 역관이 북경의 화사에 가자 화사 주인이 그림을 손에서 놓지 못하며 말했다.

"이 그림은 분명 이른 아침에 그렸군요. 정신이 돛에 모여 있습니다."

그러고는 선향¹ 한 통과 그림을 바꿨다. 역관이 돌아와 세어 보니 선향은 50개고 길이는 모두 몇 치가 되었다. 이 때문에 역관들은 겸재의 그림을 얻으면 모두 진기한 보화로 여겼다.

동네의 어떤 집에서 겸재의 금강산 화첩을 이병연에게 사들이는 데 돈 30냥과 40냥쯤 하는 좋은 말을 썼다 하니, 그의 그림이 진귀하게 여겨진 것이 이와 같았다. 그렇지만 겸재의 집은 참으로 가난했다. 그는 비록 몇몇 고을의 현령을 거쳐 늙을 때까지 녹봉을 받아먹긴 했지만 넉넉하지 않을까 항상 걱정했다. 참으로 깨끗한 선비가 아닌가!

겸재는 『주역』을 집중적으로 공부하여 심오한 이치를 깊이 꿰뚫었지만 스스로 자랑하지 않아 이 사실을 아는 사람이 드물다. 그래서 오직 그림으로만 알려졌으니 이 또한 개탄할 일이다. 그래도 임금께서 그 그림을 아주 중히 여기셔서 항상 겸재라고 호를 불러주셨으니 이 또한 영광스러운 일이다.

겸재는 나이가 여든넷에 이르렀고 관직은 정2품에 올랐고 자손 또한 많았으니 복 받은 사람이라 이를 만하다. 우리 큰형님께서 일찍이 겸재의 〈도화원도〉(桃花源圖)가 그려진 부채를 하나 얻으셨는데 아주 정교했다. 거기에 "팔십이세옹"(八十二歲翁)이라

1_ 선향(扇香): 부채 손잡이에 달린 장식품 속에 넣는 향.

고 써 있었는데 그 글자가 마치 털끝처럼 가늘었다. 노년에도 정
신이 이렇게 왕성했으니 기이한 일이다.

조선 산수를 아름답게 그려 이름났던 화가 겸재 정선(1676~
1769)의 그림이 중국인들에게 얼마나 애호되었는지 강조했다. 앞서
본 차천로·한석봉 일화와 함께 조선의 시·서·화가 중국의 문화적
수준에 대등하다는 자긍심을 보여 준다. 한편, 중국 사람들의 심미
안과 명성에 구애받지 않는 열린 태도에 대해서는 찬사를 보내고 있
어 흥미롭다.

아울러 이 글은, 당시 북경 사행을 통해 물화가 활발히 교환되
던 현장과 서울 북촌에 살던 사족의 서재에 수많은 중국 책이 구비
된 정황을 담고 있어 눈길을 끈다.

맹인 부부

처사 김성침(金聖沈)이 졸한 지 거의 십 수 년이 되었다. 그는 다섯 살 때 마마를 앓아 두 눈이 멀었지만 몹시 슬기롭고 총명했다. 그 아버지가 『서경』(書經)을 가르쳐 문리가 트이자 그는 매일 다른 사람이 책 읽는 소리를 듣고 따라 외웠는데 한 번 들으면 바로 외니, 여러 책들을 박람하여 마침내 무수히 많은 글을 지었다. 시(詩) 또한 맑고 깨끗하니 『잠와집』(潛窩集) 두 권이 전한다.

그 아내 홍 씨는 홍만적[1]의 딸인데 김성침보다 한 살 많았다. 홍 씨도 다섯 살에 눈이 멀었지만 순수한 효성과 지극한 행실이 있었다. 『소학』과 『내훈』[2] 및 다른 경전과 역사서를 배웠는데 한 번 읽어 주면 잊어버리지 않았다. 역시 시를 지을 줄 알았는데 깜짝 놀랄 만큼 빼어났다. 김성침과 부부가 되어 50년을 살았는데, 집안을 다스리고 자식을 가르침에 모두 법도가 있어 아름답게 집안의 모범이 되었다.

이는 정말 전대미문의 일이다. 이병연 공이 이들을 위해 「이인전」(異人傳)을 지었다.

1_ 홍만적(洪萬迪): 생몰년 미상. 조선 후기 문신으로 지평·정언을 지냈다. 실학자 홍만선(洪萬選)의 아우다.

2_ 『소학』(小學)과 『내훈』(內訓): 조선 시대 부녀자들이 부덕(婦德)을 익히기 위해 읽던 책.

옛날에 장애를 가진 이를 '불성인'(不成人)이라고 일렀는데 이는 '완성되지 않은 자', '온전치 못한 자'라는 뜻이다. 조선 시대에는 이들을 구휼하는 정책을 활발히 펼치고 일자리를 주기도 했으나, 이들이 맡은 역할은 사실상 한정적이었다.

특히 맹인은 주로 점술사나 악사(樂師)로 활동했는데, 김성침과 홍 씨는 이 제한적인 역할에서 벗어나 시문으로 명성을 드날렸다. 신돈복은 이들에게 동정적 시선을 던지지 않고, 각고의 노력을 통해 아름다운 모범이 된 사실에 초점을 맞추어 찬사를 보낸다. 글에 언급된 『잠와집』이나 「이인전」은 현재 전하지 않는다.

채생의 늦깎이 공부법

영광(靈光)에 채 씨 양반이 있었는데 글공부를 퍽 열심히 했으나 끝내 과거에 급제하지 못했다. 늘그막에 자식 하나를 두었는데 다시는 글을 가르치지 않고, 그저 장성하여 대를 잇기만을 바랐다. 아들이 채 장성하기도 전에 그 아비가 죽었다. 그래도 집안이 꽤 넉넉해 그 아들 채생(蔡生)은 공부하지 않아도 대대로 전하는 가업을 지킬 수 있었다.

하루는 이장(里長)이 찾아와 관청의 문서를 보여 주며 그 뜻을 알려 달라고 부탁했다. 채생은 한참 보더니 도로 던져 주며 잘 모르겠다고 했다. 이장은 혀를 쯧쯧 차며 말했다.

"이름만 양반이지 일자무식하군. 무슨 양반이 이래? 개돼지와 뭐가 달라?"

채생은 너무 부끄럽고 괴로워 감히 한마디 말도 못했다.

그때 그의 나이 마흔이었는데 이웃에 아이들을 가르치는 훈장이 있었다. 채생은 『사략』[1] 첫째 권을 갖고 훈장을 찾아가 배우기를 청했다.

훈장이 말했다. "자네 나이가 공부를 처음 시작할 때는 아니지 않나?"

---

[1] 『사략』(史略): 원(元)나라 증선지(曾先之)가 지은 역사서.

채생이 말했다. "나이는 많지만 글자라도 깨치면 다행이게요. 선생님은 그저 저를 가르쳐 주시기만 하면 됩니다."

훈장이 『사략』의 첫 구절 '천황씨'(天皇氏) 한 줄의 글자와 뜻을 가르쳐 주었는데 채생은 읽은 즉시 까먹었고, 다시 가르쳐 주어도 또 까먹었다.

훈장이 "가르칠 수 없겠네"라며 거절하자, 채생은 일어나 절하고 끈질기게 다시 청했다. 마침내 다시 가르쳐 주니 채생은 종일 꿋꿋이 열심히 공부하고는 새벽에 집에 돌아갔다. 그 뒤 사흘이 지나서야 훈장을 찾아왔다.

"왜 이렇게 늦었나?"

"능숙하지 못할까 걱정이 되었습니다."

"몇 번이나 읽었는데?"

"그냥 녹두 석 되를 가지고 수를 셌습니다."

그러더니 천황씨를 다 외었다. 그래서 '지황씨'(地皇氏), '인황씨'(人皇氏)를 더 가르쳐 주었는데 퍽 매끄럽게 읽었다.

이튿날 채생이 바로 찾아왔는데 녹두 수가 반 되까지 줄어들었다. 그 후 날마다 점점 실력이 늘었으니 지극정성에 문규2-가 절로 열렸기 때문이다. 글을 반 권쯤 읽었을 때 문리가 툭 트였다. 『사략』 일곱 권을 다 읽고 또 『통감』3- 전질을 읽고 꼼꼼하고 능숙하게 글을 외었다. 사서삼경(四書三經)에도 해박해졌다.

2_ 문규(文竅): 문리를 깨닫는 기관.
3_ 『통감』(通鑑): 북송(北宋)의 사마광(司馬光)이 지은 역사서.

독서한 지 7년이 되자 사서의4_로 진사가 되었다. 또 5년 후에는 명경과(明經科: 유교 경전 시험)에 급제했는데 이때 나이가 쉰두 살이었다. 오래지 않아 고을 사또가 되어 옛날 그 이장을 찾았는데, 벌써 죽고 그 아들만 남아 있었다. 채생은 아들을 불러 이렇게 말했다.

"네 아비가 준 모욕이 아니었다면 내 어떻게 여기까지 왔겠느냐? 은혜에 크게 보답을 할 것이다."

그러고는 이장의 아들을 자기 부임지로 데려가 몇 달 동안 후하게 먹였다. 또 돌아갈 때는 짐 꾸러미를 몇 개나 실어 보내 주었다.

채생은 여러 벼슬을 거쳐 품계가 당상관에 이르렀다. 비록 남이 자극하기는 했지만, 자신의 의지와 기개가 없었다면 그렇게 될 수 없었을 것이다. 이운복(李運復)이라는 진사가 이 이야기를 해 주었다.

배움에는 때가 없다지만 '적당한 시기'에 배우는 이들 사이에서 홀로 늦은 시작을 하는 것은 쉬운 일이 아니다. 더욱이 오늘날과 평

4_ 사서의(四書疑): 사서(四書), 즉 『논어』·『맹자』·『대학』·『중용』에 대한 내용을 묻는 초시(初試)의 한 과목.

균 수명이 다른 조선 시대에 마흔의 나이로 예닐곱 된 어린아이들과 동문수학하는 일에는 커다란 심리적 부담이 따랐을 것이다. 25글자 남짓 되는 『사략』의 첫 대목을 이해하지도 외지도 못하는 채생의 모습에서 늦깎이 공부의 어려움을 짐작할 수 있다.

그러나 채생은, 심리적 압박과 육체적 한계를 극복할 방법은 그저 우직하게 해 나갈 뿐이라는 사실을 일깨워 준다. 그는 녹두 석 되를 놓고 한 구절을 욀 때마다 녹두 한 알씩을 뺐다. 하루 사이에 두 되 반을 다 빼며 각고의 노력을 했다. 7년 후 진사가 된 것으로 보아 그는 하루도 빠짐없이 이렇게 공부했을 것이다. 사또가 된 뒤, 일전에 자기를 모욕한 이에게 감사를 표한바 그가 공부한 목적이 얄팍한 복수심에 있지 않음을 알 수 있다.

추노촌의 향단이

서울 양반 심 씨에게 노비가 있었는데 도망쳐 선산[1]에 있었다. 심 씨가 추쇄하여 모두 찾아냈는데 그 후손이 매우 많았다. 거기서 심 씨는 어느 부유한 노비를 보았는데 그 노비에겐 딸이 있었다. 이름은 향단(香丹)이로 나이 열아홉에 자태가 어여뻤다. 심 씨는 향단이를 자기 방에 들여 몹시 총애하여 서울로 돌아갈 것을 잊었다.

노비들은 심 씨를 해칠 것을 모의하고 날짜를 정했다. 향단이 그 사실을 알게 되었다. 모의한 그날 밤이 되자 향단이는 심 씨와 더불어 평소보다 몇 배 더 사랑하면서 희롱하고 즐겨 못하는 짓이 없어 심 씨 바지를 벗겨 자기가 입고, 자기의 저고리 치마를 심 씨에게 입혀 주었다. 그러고는 한참을 깔깔대며 웃었다.

그러다 갑자기 향단이는 물러나 앉아 울기 시작했다. 심 씨가 괴이하게 여겨 이유를 묻자 향단이는 고개를 숙이고 낮은 소리로 말하였다.

"서방님께 큰 화가 닥칠 거예요. 오늘 밤 문밖이 빽빽이 포위되었으니 도망쳐 나가기 어려우실 거예요. 이를 어쩌죠?"

심 씨는 깜짝 놀라 어찌할 바를 모르는데 향단이가 말했다.

1_ 선산(善山): 경상북도 구미에 있는 고을.

"이는 모두 저희 집안사람들이 꾸민 일이에요. 저희 아버지도 이 일을 막지 못했지만 그래도 이 일에 대해서는 알고 계세요. 하지만 저희 아버지는 주모자가 아니니 용서받을 만하답니다. 이제 제가 서방님의 옷을 입고 주인님 행세를 하겠어요. 주인님께선 그냥 저 나오라는 소리를 들으시면 이 차림으로 얼굴을 머리카락으로 가리고 속히 내달려 도망가시어요. 요행히 도망하신다면 부디 저희 아버지의 죽음만은 면해 주세요."

이 말을 마치고 향단이는 눈물을 종횡으로 떨구었다. 심 씨는 몹시 슬펐다.

한밤중이 되자 문 바깥에 횃불이 늘어서 밝혀졌다. 흉악한 무리가 포위해 들어오더니 과연 향단이에게 나오라고 말했다. 심 씨는 여자 옷을 입고 얼굴을 머리카락으로 덮고 뛰쳐나가 질주했다. 그 고을은 관문과 거리가 멀지 않았다. 심 씨는 곧장 관문으로 들어가 소리를 지르며 문을 두들겼다. 원님이 이 소리를 듣고서 깜짝 놀라 문을 열라고 호령하니, 머리카락으로 얼굴을 뒤덮은 웬 여자가 있었다.

원님은 사정을 물어 자세한 내막을 파악하더니 장교에게 명하여 포졸을 이끌고 말을 달려 가게 했다. 도적들이 아직 흩어지지 않은 터라 일일이 결박하여 모조리 다 잡았다. 향단이를 보니 이미 난자당해 방이 피로 가득했다. 도적들은 향단이를 죽이고 나중에야 일이 잘못된 줄 알았다. 막 흩어져 도망하려던 차에 관병들이 들이닥쳐 도망한 자가 하나도 없었던 것이다. 원님은 즉시 상부에 보고하여 그들을 모조리 죽였는데, 향단이의 아버지만은 심 씨가 간절하게 부탁하므로 살려 주었다.

아! 이 여성은 주인을 위해 '충'을 다했고, 남편을 위해 '열'을 이루었으며 아비를 위해 '효'를 세웠다. 일거에 삼강(三綱)이 갖추어졌으니, 고을에서 비석과 정려문을 세워 주었다.

조선 후기 노비와 양반 사이의 갈등을 엿볼 수 있다. 노비는 더는 스스로 양반을 무조건 섬겨야 하는 존재로 규정하지 않고, 주인으로부터 도망쳐 촌락을 이루고 부를 쌓는다. 더구나 자신들을 잡으러 온 양반을 죽일 모의를 하기에 이른다. 이에 비해 노비를 추쇄하러 온 양반 심 씨는 상황 판단을 못 하고 어여쁜 첩에 빠져 서울로 갈 생각을 않는다.

노비의 딸이자 양반의 소실인 향단이는 이런 가운데 아버지와 낭군 두 사람 중 하나를 잃어야 할 위기에 처한다. 결국 자신을 희생해 사랑하는 두 사람의 목숨을 살리겠다는 용단을 내린다.

첨예한 사회적 갈등과 이념의 속박에, 고운 마음씨를 가진 젊은 이가 희생당한 이야기다.

최 상국의 부인

계묘년(1723)에 선조 문장공의 연시연이 용담현에서 열려 내가 갔는데,[1] 당시 관찰사와 이웃 고을 수령들이 많이 모여 기녀의 풍악을 성대히 울렸다. 연회가 지나고 삼 일 뒤엔 또 용담현 족숙부의 생신이었다. 연일 잔치를 벌이니 귀가 아주 아팠다.

그때 정시[2] 날짜가 임박해 나는 정선 사또인 사촌 형님과 함께 급히 서울로 올라왔다. 궁원[3]에 도착했을 때 우연히 공주 사또 이형곤(李衡坤)을 만났다.

나는 말했다. "사또께서는 우리 집안과 대대로 좋은 관계를 맺는군요."

그러다 음악 이야기가 나오기에 나는 음악을 좋아하는지 물었다. 그는 이렇게 말했다.

"저만큼 음악을 실컷 들은 사람도 없을 겁니다. 제가 열아홉 살 때 선친께서 간성(杆城) 수령이 되셨는데, 숙부와 동시에 알성과[4]에 급제하셨지요. 그때 할머니께서 간성에 계시어 고모님이신 최 상국 부인이 들르셨습니다. 선친과 숙부께서 부모님께 잔치를 대접하러 오시니 고모님도 친정을 방문하신 거지요. 최 상국께선 당시 한림(翰林: 예문관 관리)이셨는데 마침 당시 영동 지

1_ 계묘년에 선조~내가 갔는데: '문장공'(文莊公)은 신돈복의 6대조 신응시(辛應時, 1532~1585)의 시호(諡號)다. '시호'란 빼어난 행적이 있는 사람이 죽은 뒤에 임금으로부터 하사 받는 이름으로, 살았을 적의 공로를 기린다. '연시연'(延諡宴)은 시호를 하사받는 날 벌이는 잔치다. '용담현'(龍潭縣)은 현재 전라북도 진안군 용담면 일대에 있던 마을이다.
2_ 정시(庭試): 나라에 경사가 있을 때 특별히 실시한 과거 시험.
3_ 궁원(弓院): 충청남도 공주에 설치했던 역참.
4_ 알성과(謁聖科): 왕이 문묘에 참배한 뒤 실시한 과거 시험.

방 수령 중에 친척이며 벗이 많았습니다.

잔치에 간성의 기녀며 이웃 고을 기녀들이 무려 백 명이나 왔고, 풍악패도 몇 무리나 왔습니다. 잔치가 끝나자 고모님께서는 즉시 기녀 백 명과 악공 무리를 거느리고 산이며 바다를 유람하시며 스스로 '여선'(女仙)이라 칭하셨습니다. 저는 혼자 고모님을 모시고 따라갔는데, 간성 청간정에서 출발해 고성의 해산정과 삼일포를 지나 총석정까지 갔습니다. 또 남쪽으로 양양의 낙산 동대도 갔지요. 돌아올 때까지 관아에서 지낸 날들이 달포는 되더군요.

산과 바다의 장관을 모두 보는데, 갈 때마다 음악이며 노랫소리가 천지를 뒤흔들었으니 아름다운 천상 음악도 그 소리에 불과할 겁니다. 고모님이야말로 진정 '여선'이 아니겠습니까? 고모님은 풍류를 크게 즐긴다면 죽어도 여한이 없다고 하셨습니다. 제가 이런 경험이 있어 지금 삼십 년이 되어 가도록 노래와 음악 소리가 아직도 귀에 쟁쟁하답니다."

내가 말했다. "이런 유람을 한 여성은 천고에 최 상국 부인 한 분뿐이겠습니다. 교양 있는 집안의 예의범절로 따지자면 물론 바람직하지 않지만 풍류 있는 여성 호걸이라 부를 만하군요. 부인께서는 아마 전생에 여선이었다가 적강하신 분일 겁니다."

그러자 이형곤은 묵묵히 아무 말도 하지 않았다.

조선 후기 산수 유람이 유행했으나, 여성의 유람기는 그리 많지 않다. 최 상국 부인은 친정의 특별 행사를 계기로 청간정(淸澗亭), 삼일포(三日浦), 총석정(叢石亭), 낙산사(洛山寺) 등 관동 팔경을 유람하며 전례 없는 풍악을 베푼다. '여선'임을 자칭하며 풍류를 한껏 즐긴 여성 호걸 이야기가 새롭다.

해설

이상한 것, 낯선 것에 대한 기록
『학산한언』

1

학산(鶴山) 신돈복(辛敦復, 1692~1779)은 오늘날의 독자에게 조금 낯선 이름일 것이다. 그는 명문가 출신이지만 높은 벼슬에 오르지 못했다. 24세에 진사시에 급제했지만 노년인 71세에야 종9품 벼슬인 선릉참봉(宣陵參奉)을 제수 받고 73세에 종8품 벼슬 남도봉사(南都奉事)를 지냈다. 이렇듯 그 관직만 보면 현달하지 못했으므로, 혹자는 신돈복의 삶이나 글을 시시하다고 여길지 모르겠다. 게다가 이 책의 원제(原題)가 '학산한언'(鶴山閑言)으로 '학산의 시시한 이야기'라는 뜻이니 더욱 볼만한 것이 없다고 생각할지 모르겠다.

그러나 『학산한언』에는 다른 책에서는 접하기 어려운 조선 방방곡곡의 이야기와 18세기 서울에 살던 지식인의 풍부한 정보가 담겨 있다.

유학에 독실했던 당시 대다수의 문인과는 달리 신돈복은 도가(道家)에 깊은 관심을 가졌다. 그는 방대한 도가의 책을 탐독하고 그 내용을 선별하여 책으로 엮는 열의를 보였다. 신선의 사적(事績)은 물론, 세상에 존재하는 신비롭고 기이한 각종 현상들을 남기고자 했다. 그래서 『학산한언』에는 귀신·용·별세계·신기한 능력을 지닌 동물이 대거 등장한다.

한편 신돈복은 특별한 인물이나 경험을 다루되 철저히 현실에 뿌리를 둔 이야기도 다수 기록했다. 『학산한언』에는 시대를 풍미했던 빼어난 인재부터 기생, 청지기, 상인, 도둑, 심마니, 사기꾼까지 다채로운 인물의 삶이 18세기 조선이라는 시공간을 배경으로 종횡무진 펼쳐진다. 또한, 각각의 글 말미에는 당시 그가 접한 국내외 문헌이 부기(附記)되어 있어 독자의 견문을 확장해 준다.

그러므로 '학산의 시시한 이야기'는 결코 시시하지 않다. 『학산한언』은 저술된 당시부터 널리 읽혔으며, 연암 박지원을 비롯한 많은 문인에게 두루 회자되었다. 훗날 편찬된 저명한 이야기 책이나 백과사전류 중에도 『학산한언』을 인용한 책이 많다. 또한 한글로 번역되어 여성 독자들도 즐겨 읽었다.

독자는 신돈복의 '시시한 이야기'가 참으로 재미난 읽을거리이자 지적 호기심을 자극하는 글임을 이 책을 읽으며 금세 파악할 수 있을 것이다.

2

공자께서는 '괴이함'과 '무력'과 '패란'과 '귀신'에 대해 말씀하지 않으셨다.

『논어』 「술이」(述而)에 나오는 구절이다. 유학자들은 이 구절을 글쓰기의 중요한 지침으로 삼았다. 그러므로 현재 전하는 조선 시대 글에서 기이한 사건이나 신비로운 존재에 대한 기록은

상대적으로 매우 적다. 그런데 신돈복은 다음과 같은 주장을 펼치면서 '낯설고 이상한 것들'에 대한 기록을 적극적으로 긍정했다.

> 공자께서 '괴이함'과 '무력'과 '패란'과 '귀신'에 대해서 말씀하지 않으신 것은, 그것이 이치에 맞지 않아서가 아니라 공부하는 사람들에게 가르칠 만한 게 못 되기 때문일 터이다. 천지 사이엔 없는 게 없다. 그런데 그중 익숙하게 보이는 것들만 정상이라 하고 자주 안 보이는 것은 이상하다고 한다. 오로지 견문이 풍부하여 박식하고, 깊고 오묘한 경지를 통찰하는 사람만이 외물에 현혹되지 않는다. (…) 『태평광기』를 지을 때 재상 이방(李昉) 등은 모두 이름난 신하였다. 천하 고금의 일을 널리 수집하여 기록하고 편집하여 바친 것이지, 어찌 잡스러운 일을 갖고 임금을 인도한 것이겠는가? 임금으로 하여금 천지 사이의 인정(人情)·물리(物理)·유명(幽明)·변화를 두루 알아 문밖을 나서지 않고서도 모든 것을 알게 하려는 것이니, 그 뜻이 깊다. 관건은 예(禮)를 갖추어 요약하는가이다.
>
> —「이상한 것, 낯선 것」 중에서

그는 '이상한 것'을 글의 소재로 삼는 것이 문제가 되지 않는다고 생각했다. 중국과 조선 문인들 사이에 널리 읽힌 설화집 『태평광기』에는 기괴한 이야기들이 잔뜩 실려 있으나 이들은 오히려 시야를 넓히고 지식을 확충하는 데 보탬이 된다는 것이다.

그러므로 위의 글은, '이상한 것'을 주로 다루는 자신의 책 『학산 한언』에 정당성을 부여한다.

신돈복은 이렇듯 통념을 깨고 '이상한 것'을 애써 기록했는 데, 이는 그가 세계를 볼 때 대단히 유연하고 특별한 시각을 갖고 있기에 가능한 일이었다. 중국 남송(南宋)의 학자 주희(朱熹)는 '괴이함'과 '무력', '패란'은 이치에 맞지 않기 때문에, '귀신'은 조물주의 자취이기 때문에 함부로 말할 수 없다고 설명한 바 있다. 잘 알려져 있듯이 조선 시대 유학자들은 주희의 견해를 절대시했다. 그런데 신돈복은 그와 견해를 완전히 달리한다. '이상한 존재들'은 그저 사람들에게 익숙하지 않을 뿐이며, '정상인' 것들과 그 본질이 같다는 것이다.

'이상한' 것들은 틀린 것이 아니라 다른 것이라는 그의 시각은, 세상 모든 것들이 동등한 존재라는 인식을 열어 준다. 1부의 「별세계의 존재」는 인간이 별세계에서 귀신으로 대접받는 에피소드를 다룸으로써 인간과 귀신이 본질적으로 같음을 보여 준다. 파격적인 설정이다.

이와 같은 신돈복의 열린 시각은 세상에 무슨 일이라도 일어날 수 있으며 어떤 초현실적 존재도 실재할 수 있다는 가능성을 열어 준다.

우리의 눈과 귀가 닿지 않는 깊은 동굴 안에는 상식으로 헤아릴 수 없는 괴이한 게 많을 것이다. 어떻게 이런 일이 없다고 단언할 수 있을까?

─「별세계의 존재」 중에서

신돈복은 우리의 눈과 귀로 직접 확인할 수 있는 것만이 이 세계의 전부가 아니라고 주장한다. 그리하여 「귀신은 있다」에서도 "세속에서는 귀신이 없다는 게 정론(正論)이라고 함부로 말한다. 이것이 어떻게 진정한 앎이겠는가?"라며 진정한 앎이란 모든 존재의 가능성을 열어 두는 것이라고 말한다.

1부에 실린 이야기들은 모두 세상 모든 '이상한 것들'의 실재와 가치를 인정한 글이다. 신돈복은 별세계, 신비한 동식물, 신선, 귀신, 도깨비, 외눈박이 나라 등 상상이나 전설 속에 등장할 법한 존재들을 현실 세계로 소환한다. 이처럼 열린 시각을 갖고 만물을 대할 수 있는 이념적 기저에는 그가 젊은 시절부터 경도되었던 도가 사상이 자리하고 있다.

3

신돈복이 다룬 '이상한 존재' 중 가장 자주 등장하는 소재는 바로 귀신이다. 『학산한언』에 실린 총 100화의 작품 중 귀신에 관한 이야기는 20화를 웃돈다. 책의 5분의 1 이상이 귀신 이야기라는 사실은, 그가 유독 귀신에 깊은 관심을 가졌음을 보여 준다. 이 책의 2부에서 독자들은 조선 시대에 떠돌던 다채로운 귀신 이야기를 접할 수 있다.

『학산한언』 속 귀신들은 이전 시기의 귀신이 공포감을 자아내던 것과는 달리 친근하거나 인간적인 면모를 보인다. 인간에게 묘지를 조성해 달라고 도움을 요청하는가 하면, 아들이 보고 싶어 찾아갔다가 다른 사람이 있는 걸 보고 놀라 도망쳐 버린다.

까닭 없이 사람을 괴롭히는 잡귀조차 인간에게 '너무 무서워!'라고 말하며 도망한다. 귀신이 음식을 섭취하는 방법이 묘사되기도 한다. 귀신이 인간과 관계 맺는 방식도 현실적이다. 「죽은 연인과의 사랑」에서 권 진사 귀신은 굿판에서 무당의 몸을 빌려 생전의 연인 분영에게 나타나며, 관계를 계속 이어 나가다가 분영이 다른 사람을 만나자 사라진다.

『학산한언』의 귀신들이 이렇듯 인세(人世)에서 인간과 공존하는 존재로 그려진 배경에는, 신돈복이 취했던 남다른 시각, 즉 '정상'과 '비정상'은 사람들의 자의적 기준으로 나뉜 것일 뿐이라는 열린 시각이 자리하고 있다. 그에게 귀신은 인간과 똑같은 존재이므로 굳이 두렵거나 관념적인 모습으로 등장시킬 필요가 없었던 것이다.

그렇다면 신돈복은 어떻게 귀신에 지대한 관심을 갖게 되었을까? 이 물음에 답하기 위해서는 조선 시대 귀신담 및 귀신 담론의 전개 과정을 살필 필요가 있다. 귀신은 동서고금을 막론하고 이야기의 단골 소재로 등장했으나, 조선의 경우 특별히 17세기를 전후한 시기에 문제시된다. 병자호란과 임진왜란, 그리고 역병을 거치며 사람들은 가까운 이의 죽음을 대거 목격했다. 전란 직후 사회의 저변에 흐르던 사회적 불안과 상처, 그리고 살아남은 사람들의 슬픔이 귀신에 대한 상상력을 자극했다. 또한, 이 무렵 『주자가례』(朱子家禮)의 보급이 확산되어 예학(禮學)이 발달하고 제사 의례가 중요해지면서 사대부 사이에는 귀신의 존재 유무가 논쟁거리가 되었다.

신돈복은 이처럼 귀신이 논쟁과 화제의 중심에 섰던 시기보다 한 세기 뒤의 사람으로서 귀신의 존재를 좀 더 자연스럽게 받아들일 수 있었다. 다양한 귀신 이야기들을 접할 기회가 많았고, 그간 집적된 귀신 담론을 수용하여 나름의 논리를 전개할 수 있는 여건이 조성되었다.

이러한 환경 속에서 그는 귀신을 한갓 이야깃거리가 아니라 진지한 탐구 대상으로 끌어들여 앎의 영역을 확장하고자 했다. 귀신을 그저 흥밋거리로 소비하지 않고 지적 호기심을 갖고 대하는 그의 깨인 시각과 학구적인 면모를 엿볼 수 있다. 아울러 귀신 이야기가 낭설이 아니라는 것을 증명하기 위해 제시하는 국내외 다양한 문헌을 보면, 그가 당대 최신 정보와 서적에 밝았음을 알 수 있다.

4

신돈복은 젊은 시절부터 도가 사상에 경도되었다. 28세에 조선과 중국의 다양한 도가서를 참조하여 『단학지남』(丹學指南)을 엮었으며 이 책에서 유불선(儒佛仙)의 회통(回通)을 주장했다. 유불선 3교의 회통은 조선 시대로서는 파격적인 주장이다.

그는 중국 도가를 사상적으로 수용한 데 그치지 않고 조선 고유의 도가, 곧 '해동도가'(海東道家) 연구에 본격적으로 매진했다. 해동도가는 조선의 주체성을 바탕으로 중국 도가와는 달리 양생술(養生術) 등 개인의 수련법에 집중하는 한편 경세(經世)에도 관심을 쏟는다.

그는 조선 단학(丹學)의 계보를 밝힌 『해동전도록』을 입수하여 그 일부를 『학산한언』에 싣고 내용을 꼼꼼하게 고증했다. 이 기록에 의하면, 조선의 단학은 신라 시대 최승우(崔承祐)·김가기(金可紀)·자혜(慈惠)가 중국 종남산(終南山)의 도인(道人)에게 배워 와 최치원(崔致遠)에게 전수한 이래 서경덕(徐敬德)·곽치허(郭致虛)·김시습(金時習) 등을 거쳐 한무외에게 전해졌다. 신돈복은 이 내용을 필사한 뒤 여러 방증 자료와 함께 자신의 견해를 덧붙였는데, 여기서 '김가기가 굳이 중국의 종남산에서 수련한 것은 조선에 신령스러운 기운이 없어서가 아니라 그곳에 스승이 있어서일 뿐'이라면서 주체적 인식을 보인다.

때문에 『학산한언』에는 조선 신선자류(神仙者流)에 대한 기록이 자주 보인다. 이들은 단순히 동경이나 호기심의 차원에서 기록되지 않았다. 조선 팔도에 숨은 신선들의 기이한 사적, 수련의 방법, 선화(仙化)와 관련한 에피소드는 시종 진지한 어조로 기록되고 있다. 신돈복은 조선 도학(道學)의 역사와 계보를 정리하고자 했던 것이다. 본래 『학산한언』에는 이름 모를 이인에 관한 기록도 몇 편 더 실려 있으나, 이 책에는 실명을 밝힌 신선 이야기만 뽑아 수록하였다.

「문유채」는 특히 그가 우리나라 신선의 궤적을 얼마나 집요하게 추적했는지 살필 수 있는 자료다. 신돈복은 신광사 승려, 사천 이병연, 농재 홍백창 등 다양한 이들의 기록을 통해 신선 문유채의 행적을 진지하고 집요하게 기록한다. 마지막으로 스스로 의문이 드는 대목을 꼼꼼히 따져 본다. 조선 신선의 사적을 이처럼 자세하고 전문적으로 기록한 경우는 몹시 드물다. 이에 『학산한언』에 실린 신선들은 19세기 이규경(李圭景)이 편찬한 『속보해동이적』(續補海東異蹟)에 수록되기에 이른다. 『속보해동이적』은 홍만종(洪萬宗, 1643~1725)의 『해동이적』을 보충해 낸 책이다.

그러므로 4부에서 우리가 만나는 이인과 신선 중에는 신돈복이 아니었으면 그 존재가 영원히 알려지지 않았을 이들이 많다. 하마터면 그 이름이 사라질 뻔한 조선의 여러 신선을 만나는 것은 새로운 경험이 되리라 기대한다. 또, 양생술이나 신선 사상에 관심이 많은 독자라면 퍽 전문적인 내용을 담고 있는 4부를 즐겨 읽을 수 있으리라 생각한다.

한편, 『학산한언』의 신선들은 정치적으로 불우하거나 시대를 암울하다고 여겨 세상을 등진 이들이 많다. 신돈복은 당파 싸움에 환멸을 느껴 체제 바깥에 머물면서 저항의 뜻을 보이거나, 신선의 자질을 지녔으나 정치적 사건에 연루되어 금세 죽거나, 현실에서 뜻을 펼치지 못해 초속적(超俗的) 삶을 희구한 신선의 삶을 조명했다. 이들 신선의 모습은, 평생 벼슬길에 서지 못했으나 끝없이 현실에 관심을 둔 신돈복의 모습과 겹쳐지기도 한다.

5

신돈복이 '낯설고 이상한 것'에 관심을 두었다고 해서 그가 현실을 외면한 것은 결코 아니었다. 『조선인명사서』(朝鮮人名辭書)에 의하면, 그는 저술이 많고 경세제국(經世濟國)으로 자부하며 사정에 밝았다. 30~40대에 『후생록』(厚生錄)이라는 농서(農書)를 집필했는데, 이 책은 50여 종의 문헌을 참조해 농업 지식을 정리한 것으로, 그가 '경세제국'에 힘쓴 면모를 보여 준다. 눈에 보이지 않는 저 너머 세계에 관심을 쏟은 만큼, 그는 눈앞의 현실 세계에도 깊은 애정과 관심을 가졌다.

신돈복은 동시대 사람들의 입에서 회자되던 몇몇 특별한 인간에 주목하고, 『학산한언』에 실린 여타 글과는 다른 방식으로 이들을 기록했다. 3부에서 볼 수 있는 봉산의 무관, 청지기, 서녀(庶女), 일본 간첩, 노비 등이 그 사례다. 이들의 삶은 신돈복에게 지적 탐구의 대상이 아니라 '후대에 전해야 할 이야기'였다.

> 이언립의 충성심과 지략, 밝은 식견은 다시는 종으로 대할 만한 게 아니라고 여겨 마침내 주인집에서 그를 속량해 주었다. 그는 공주(公州)에 살았고 자손들이 몹시 많았는데 모두 양인(良人)이었다. 그 외 기이한 이야기가 아주 많지만 여기 쓴 게 특별히 기이한 것이다. 모두 이선이나 곤륜노의 일들이지만 이 이야기가 더욱 훌륭하여 후세에 전할 만하다.
>
> ─「노비 이언립」 중에서

위의 글은 노비 이언립에 대한 기록이다. 신돈복은 이언립에 관한 전언(傳言) 중에 "더욱 훌륭하여 후세에 전할 만"한 것들을 선별하여 기록했다고 한다. 이러한 창작 의식은 사마천의 『사기열전』과 같이 어떤 인물을 역사에 기록으로 남기기 위해 짓는 전(傳)의 전통과 맞닿아 있다.

창작 동기는 전의 전통과 맞닿아 있더라도 이들 작품의 지향과 서술 방식은 전과 몹시 다르다. 우선 중심인물들이 대개 별 볼일 없는 출신인데 이들은 현실에서 좌충우돌 고난에 맞닥뜨리며 엉뚱한 실수를 하기도 한다. 다른 전과는 달리 평이한 문장을 구사하며 인물 간의 대화가 많아 현장감이 생생하다.

무엇보다, 서사 전개 과정에서 인간과 현실 그리고 운명 간의 팽팽한 갈등이 나타난다. 「봉산의 무관」 주인공은 매관매직이 성행하는 사회에 합류하고자 하나 여의치 않자 자살하려는데 운명이 그를 살길로 이끌어 간다. 「길정녀」의 주인공인 서녀 '길정'은 신분적 한계와 고아가 된 처지로 양반의 첩이 되는데, 남편에게 버림받은 신세가 되어 다시 신관 사또의 첩이 될 운명에 놓인다. 그러나 격렬하게 저항한 끝에 남편과 백년해로한다. 청지기 '염시도'는 경신환국 때 주인이 사약을 받자 세상에 뜻을 잃고 불가(佛家)에 귀의하려 하나 예언과 운명이 그를 아리따운 여성에게 이끈다.

이들 이야기에서 신돈복은, 인간이 삶의 무게와 운명의 장난 한가운데를 꿋꿋이 뚫고 나오는 과정에 주목한다. 이들은 난관에 부딪혀 고군분투하면서도 인간적 품위를 잃지 않는 점에서 '빼어나다'고 인정받는다. 아울러 이들이 현실과 갈등을 빚는 계기를 주목해서 보면 작가가 당대 사회 현실을 날카롭게 통찰하고 있음을 알 수 있다.

그러므로 우리는 3부에 수록된 작품들을 읽으며 신돈복이 '이 세계'에도 깊이 관심을 둔 것, 그리고 현실을 예리하게 간파하는 눈을 가진 것을 알 수 있다. 아울러 이들 이야기를 주제에 맞게 흥미진진하게 엮는 솜씨에서 신돈복의 소설가적인 면모도 엿볼 수 있다.

6

신돈복이 살던 조선 후기는 사회적·경제적으로 커다란 변화를
맞이했다. 전란 이후 민생이 제법 안정되었으며, 잉여 생산물이
증가하고 인삼·담배 등의 상품 작물이 활발하게 거래되었다. 장
시와 무역이 발달하고 청나라로 가는 사신(使臣) 행차를 통해 수
입품과 수출품이 교역되기도 했다. 이에 양반은 물론 상인, 농민
들 가운데 큰 부(富)를 축적한 이들이 많아졌다. 유가에서 본디
강조한 '청빈'(淸貧)의 가치가 별로 중요해지지 않게 되었다.

그 가운데 '야담'(野談)이라는 새로운 문학 장르가 생겨났다.
'야담'은 '비공식적인 이야기'라는 뜻으로 시정(市井)에 떠도는 이
야기를 채록한 것이다. 17세기 유몽인(柳夢寅)의 『어우야담』(於于
野談)에서 처음 쓰였고 18세기에 전성기를 맞이했다.

3부에 실린 이야기들이 야담을 소설적으로 각색한 형태라
면, 5부에서는 야담의 전형적 모습을 보여 주는 작품을 실었다.
이들은 부(富)를 추구하는 세상에 대응하는 인간의 각이한 방식
을 보여 주는데, 희망과 절망, 변화와 관성이 교차하던 당시 세태
를 잘 그려 내고 있다.

그 배의 사람들은 그가 지닌 꾸러미가 보물 구슬인 줄
알아보고서 공모하여 사신을 묶어 혀를 자른 후 보물
구슬을 나눠 가졌다. 우두머리가 사신의 허리에 쇠밧줄
을 묶어 두고 쇠 채찍으로 그를 때리며 마치 원숭이처럼
묶은 줄을 따라 춤추고 재주넘도록 가르쳤다. 그러고선
장터며 촌락을 돌아다니며 돈벌이로 삼았다.

「인간 원숭이」의 주인공은 명나라 파견 사신으로 사행(使行) 중 무인도에 혼자 남게 된다. 그곳에서 채집한 보물 구슬을 지닌 채 어느 배에 구조를 요청하는데, 뱃사람들은 그의 보물 구슬을 탐하여 구슬을 빼앗고 그 혀를 자른 후 장터에서 재주 부리는 원숭이로 만들어 버린다. 돈에 눈이 멀어 사람을 돈벌이 수단으로 전락시킨 잔혹한 세태를 생생히 그려 낸다. 재물 앞에서 표변하는 인간의 잔인성을 이처럼 여실히 그린 고전 작품은 그리 많지 않다. 신돈복은 당시 시정의 기미를 잘 보여 주는 이야기를 선별하여 글 속에 재현해 냈다.

한편으로 『학산한언』에는 격변하는 세상에서도 인의예지를 지킨 성실한 인간들이 기록되어 있다. 관가에 진 빚을 갚기 위해 뛰어난 사업적 수완을 발휘한 대상(大商) 이야기, 재물에 눈이 멀어 남의 돈을 훔친 도둑이 양심적인 선비에게 감화되어 평생 성실하게 살았다는 이야기, 공짜로 얻은 금을 여러 사람이 서로 양보한 이야기, 지극한 효성으로 천지신명을 감동시킨 이야기 등 전통적 가치와 보편 윤리를 지킨 사람들의 이야기는 탐욕에 눈이 어두워진 인간들과 선명한 대조를 이룬다. 『학산한언』은 하나의 작품집임에도 극명한 대조를 이루는 이야기들이 뒤섞여 있고, 심지어 한 이야기 내에서도 두 가지 가치관이 충돌하고 있어 당대 사회의 역동성을 잘 보여 준다.

7

신돈복의 역사의식과 문화관의 기저에는 조선적 주체성을 근간으로 하는 해동도가 사상이 작동한다. 당시 많은 사대부들이 중국 문명을 존숭하는 중화주의(中華主意)를 주창한 것과 달리, 신돈복은 조선의 문명이나 인재가 그에 뒤지지 않는다는 자긍심을 보였다.

　　세간에서 말하기를 우리나라 사람들은 쩨쩨해서 중국의 인재와 겨룰 수 없으니, 그 까닭은 산천(山川)이 크고 웅장한 운치가 없기 때문이라고 한다. 그러나 꼭 그렇지는 않은 듯하다. 우리나라 사람으로 중국에 들어가 이름을 날린 사람이 당나라 때 아주 많았다. 이를테면 연개소문의 아들 천남생, 백제 장군 흑치상지, 신라 왕자 김인문은 당나라 고종(高宗) 때 이름난 장수들이었다. 당나라 현종(玄宗) 때에는 고선지, 왕사례, 왕모중이 모두 고구려 사람으로 명성을 드날렸다. 문장이 빼어나다고 칭송되는 선비로는 문창후 최치원, 목은 이색, 익재 이제현 등이 당대에 이름을 드날렸고, 방외인으로는 신선이 된 김가기, 성불(成佛)한 의천 등이 모두 중국 사람의 전기(傳記)에 실려 있다. 이런 사람들은 비록 '구석진 나라'에서 태어났지만 어찌 중국 사람만 못하겠는가?
　　　　　　　　　　　　　　　－「중국에만 인재가 있나」 중에서

신돈복은 조선이 지리적 제약 때문에 인재를 낳을 수 없다는 통설에 정면으로 반박하면서, 중국에서 맹활약한 우리나라 인재들을 무장(武將), 문인(文人)부터 방외인까지 조목조목 들고 있다. 이 무렵 조선에는, 중국은 '오랑캐' 청나라에 점령당했으므로 중화 문명의 빛은 오직 조선이 간직하고 있다는 소중화의식(小中華意識)이 만연해 있었다. 그런데 신돈복의 문화적 자긍심은 소중화의식과는 다르다.

그는 조선의 인재가 고도의 문화적 수준으로 중국인을 압도한 일화 여러 편을 기록하는데, 여기 등장하는 중국인들은 청나라 사람이 아닌 명나라 사람들이다. 차천로는 명나라 강남 출신의 도도한 사신 주지번의 무리한 요구를 무리 없이 소화하여 그를 경탄케 하며, 한석봉은 명나라 부호의 집에서 주눅 들지 않고 필흥(筆興)을 마음껏 펼친다. 겸재 정선의 금강산 그림은 남경(南京)의 선비와 저 멀리 사천(四川)에서 온 승려 간에 싸움을 빚어낸다. 신돈복은 조선 고유의 문화에 자부심을 가졌다. 대국과 소국의 문화를 평등한 눈으로 보는 데서 그의 열린 시각을 거듭 확인할 수 있다.

그러므로 『학산한언』에는 반드시 중국 사람 혹은 문화를 압도하지 않았더라도 아름다운 자취를 남긴 조선 인물에 대한 기록이 많다. 빼어난 재주와 성실한 태도로 후대의 모범이 된 맹인 부부, 우직하게 공부하여 나이의 한계를 극복한 무지렁이 양반, 사랑하는 이들을 살리기 위해 죽음을 불사한 노비 등 조선 곳곳에 숨은 아름다운 인물과 그 행적이 채록되어 있다. 6부는 이러한 사례에 해당하는 글들을 모았으니, 정사(正史)에 미처 기록되지 못한 조선 인재의 면면을 살필 수 있다.

8

원래 『학산한언』은 정해진 체재 없이 시화(詩話)·일화(逸話)·필기(筆記)·전(傳)·야담(野談)·소설 등이 뒤섞인 책이다. 각 작품의 제목도 별도로 붙어 있지 않다. 이 책은 오직 독자의 편의를 위해 주제를 분류하여 신돈복의 '기이한 세계'를 재구성하고 각 작품에 저마다 제목을 붙인 것이다.

그러나 이로 인해 독자가 신돈복과 그 시대를 제한적으로 이해하지 않았으면 한다. 신돈복은 열린 시각으로 세계의 구석구석을 담아내고자 했으며 여기서 '세계'는 눈과 귀가 미치지 않는 영역까지 포함한다. 역자는, 독자가 신돈복과 같이 유연한 시각과 열린 마음을 갖고 이 '시시한 이야기'를 대하기 바란다. 아무런 편견 없이 당시 사람들 마음에 존재하던 신비로운 존재들을 확인하고, 신선의 세계를 엿보며, 조선 시대를 살았던 낯설고도 익숙한 인간형을 만나보기를, 그리하여 세계와 삶을 이해하는 시야를 넓히기를 기대한다.

신돈복 연보

1692년(숙종 18), 1세 　—신익동(辛翊東)과 양천(陽川) 허씨(許氏) 사이에 3남 1녀 중 2남
　　　　　　　　　　　으로 태어나다.

1715년(숙종 41), 24세 —진사시에 합격하다.

1718년(숙종 44), 27세 —서울 삼청동(三淸洞)에서 평소 흠모하던 김창흡(金昌翕)을 만나
　　　　　　　　　　　다.

1719년(숙종 45), 28세 —도가서 『단학지남』(丹學指南)을 집필하다.

1723년(숙종 49), 30세 —대과(大科)에 응시하나 낙방하다.

1735년(영조 11), 44세 —금강산을 유람하다.

1739년(영조 15), 48세 —전라남도 순창에서 6대조 신응시(辛應時)의 문집 『백록유고』(白
　　　　　　　　　　　麓遺稿) 교정 작업을 하다.

1748년(영조 24), 57세 —외종조부이자 스승 박필주(朴弼周)의 시호(諡號)를 바꾸어 달
　　　　　　　　　　　라는 상소를 올리다.

1762년(영조 38), 71세 —2월에 선릉참봉(宣陵參奉)에 제수되다.

1764년(영조 40), 73세 —2월에 음직(陰職)으로 남도봉사(南都奉事)에 제수되었으나 4월
　　　　　　　　　　　에 유배되다.

1774년(영조 50), 83세 —동지중추부사(同知中樞府事)에 제수되다. 영조가 특명을 내려
　　　　　　　　　　　황해남도 배천(白川) 집에 진사(進士) 회방연(回榜宴)을 베풀어
　　　　　　　　　　　주다.

1779년(정조 3년), 88세 —졸하여 개성부(開城府) 마답촌(馬沓村)에 묻히다.

작품 원제

작품의 원제가 없어 동국대 영인본 『학산한언』(한국문헌설화전집 8, 동국대학교부설한국문학연구소, 1981) 내 해당 작품의 페이지 수 및 첫 구절을 표시했다.

1. 별세계의 존재

· 별세계의 존재 – p.457, 鄭謙齋敲言
· 기이한 말 표동 – p.462, 曾在光海時
· 이상한 선비화 – p.367, 太白山浮石寺後小菴中
· 신선과의 만남 – p.354, 徐花潭敬德
· 강철이라는 용 – p.464, 有名江鐵者
· 용이 된 물고기 – p.488, 潛谷金相國
· 이상한 것, 낯선 것 – p.306, 夫子不語怪力亂神
· 외눈박이 사신 – p.317, 聞冬至使朴文秀
· 여우의 시 – p.459, 一士人
· 귀신은 있다 – p.456, 卓然拔萃之人

2. 외발 귀신

· 죽은 연인과의 사랑 – p.440, 己未冬
· 장수 제말의 혼령 – p.435, 星州文官鄭錫儒
· 귀신들 잔치 – p.445, 余與邊龍仁致周
· 내가 쫓아낸 귀신 – p.454, 余亦有一異事
· 나비가 되어 – p.450, 陶山李相國
· 외발 귀신 – p.453, 李相國濡
· 돌아가신 아버지의 부탁 – p.479, 忠州木溪士人
· 귀신과의 문답 – p.433, 崔愼華陽聞見錄
· 아버지의 혼령 – p.452, 承旨安圭

3. 봉산의 무관

4. 이인들

5. 인간 원숭이

6. 채생의 늦깎이 공부법

269

찾아보기